KB096615

즐거운 편지

글 공은정 — 그림 윤수빈

즐거운 편지

공은정 지음

가까운 이가 그랬습니다. 저의 글에는 시대가 좋아하는 감각적인 요소들이 죄다 빠져있다고. 자고로 '책'이 되려면 그것들을 주물러 넣을 수 있어야 한다고 말입니다.

저는 수줍게 웃었습니다. 애초 저에게는 그것들을 '주물러 넣을' 만한 능력도 없거니와 저의 시선은 언제나 育(육, 기르다. 자라다)에 머물러 있기 때문입니다.

식탁 앞에 모이는 일곱 명의 인물들을 통해 저는 우리 시대의 育(육)에 대한 논의를 해보겠다는 다소 거창하고, 상당히 주제넘은 꿈을 꾸었습니다. 능력 밖의 것을 욕심낸다는 분명한 과오에 발목이 잡혀 끙끙대기도 하였지만, 어쨌거나 저는 주인공 '강아' 와 함께 늪보다도 더 질척거리는 회의를 근근이, 빠져나왔습니다.

엄마에게 쓴 '강아의 편지'는 서사를 이끄는 장치인 동시에 강아와 자매들의 성장 과정이 담긴 기록입니다. 또 말과 글을 통해 공동체의 가치관을 배워 나가는 우리 삶의 일면이며, 학교(학원)에서의 교육에 매몰될 것이 아니라 가정에서의 育(육), 그 근원으로의 회복을 기대하는 저의 바람이기도 합니다.

부족함은 채울 길 없고 아쉬움만 켜켜이 쌓인 채 책을 묶었습니다. 이 책이, 여러분 곁을 잠시나마 머무는 미풍 한 자락이 될 수 있을지 모르겠습니다.

공은정 드림

차례

안녕하세요, 저는 김강아예요.

지금 저는 중3이고요, 아래로 동생이 셋 있어요. 서아, 교아, 그리고 초아.

딸만 넷이라 하면 대부분 어른들이 기함을 할 듯이(어떤 분은 몸의 중심을 잃은 듯 휘청거리는 몸짓까지도 보이신다니까요.) 놀라시는데요, 우리 넷은 떨어질 수 없고 떨어져 본 적도 없으며 결단코 떨어지지 않을 운명으로 엮였어요.

아, 물론 저는 운명 같은 건 믿어본 적이 없어요. 그런데 언젠가 제가 무심코 우리 자매들을 소개하면서 이 '운명'이라는 단어를 썼지 뭐예요. 그런데 그 순간! '우리 자매들이 운명의 끈으로 이어져 있다.'라는 문장을 말하는 순간! 그렇게 마음이 푸근하고 행복할 수 없었어요. 그래서 그때부터 다른 표현은 죄다 생략하고, 딱 한 마디, '운명'이라는 말로 정리를 해버린답니다. 그러면, 요즘 세상에 딸 넷이 뭐냐고 웃던 사람들도 아무런 말을 못 해요. 아무런 말을. 딸 넷이 뭐 어때서 그렇게 웃느냐고 면박을 주고 싶지만, 상대가 어른인지라 함부로 할 수 없잖아요? 그런데 그 무례한 어른들도 이 '운명'이라는 단어 앞에서는 정말 얼굴색이 싹 변해요. 몸

가짐이 정중해지고 진지해진다니까요. 하하, 그러니 제가 이 단어를 종종 사용할 수밖에 없겠죠?

자, 이걸로 저와 제 동생들 소개가 확실히 되었을 거예요. 그럼 이제부터는 이 책에 실린 편지 얘길 해 볼게요. 서른네 통의 이 편지들은 제가 저의 엄마에게 보낸 거예요. 하룻밤에 다 쓴 것도 있고 여러 날에 걸쳐 쓴 것도 있어요. 서아와 교아 이야기도 담고, 고모부와 고모 그리고 코미디와 진중한 사극 속을 분주히 오가는, 실로 카멜레온 같은 오빠 이야기도 담았어요. 씩씩하게 생활하고 있는 저의 이야기도 물론 있고요. 아빠 이야기는 상대적으로 적어요. 왜냐하면 아빠는 매일 엄마한테 직접 이야기를 들려주었을 거니까요.

제가 편지를 쓴 이유는 딱 한 가지밖에 없어요. 엄마가 우리 이야기를 들으며 힘을 내는 거요. 기운을 내서 우리한테 돌아오기를, 오직 그렇게 되기만을 바랐어요.

그 노래 있잖아요. 리쌍의 노래. 내가 웃는 게 웃는 게 아니야.

또 내가 걷는 게 걷는 게 아니야. 막내를 낳으러 병원에 가셨던 엄마가 돌아오시지 않으면서 우리의 생활은 정말로 이 노랫말처럼 되어버렸어요. 엄마가 곁에 없다는 절망은, 실로 마리아나 해구보다도 더 깊고 어두웠어요. 끝을 모르는 저 우주에서 영영 길을 놓쳐버린 빛줄기가 있다면 그건 바로 우리일 거라고 매일 밤을 어둠 속에서 울었답니다.

제 편지가, 이 속에 담긴 우리의 이야기가, 그다지 재미날 것은 없을 거예요. 감동적인 것이 있을 리 만무하고요. 그렇지만… 그렇지만… 이 편지 속에는 우리들의 한때가 고스란히 담겨 있답니다. 여러분과 닮은, 우리의 모습이, 오롯이 들어있을 거예요.

OFFICE

1. 자전거 도둑

엄마, 엄마, 큰일 났어! 정말 큰일이 났어!

방금 경찰 아저씨들이 왔었는데 글쎄 고모부가 자전거를 훔쳤대. 그럴 리가 없잖아? 우리 고모부가 자전거 따위를 훔치다니 절대 그럴 리가 없어. 그치? 그런데 경찰 아저씨들이 고모부가 남의 자전거를 가져갔다는 거야!

자꾸만 가슴이 벌렁거려. 고모한테 전화했는데 받지 않으셔. 부재중 전화 확인하면 전화하시겠지? 아이, 그렇지만 그때까지 우린 어떡해? 엄마, 오빠한테 전화해 볼까? 아니야, 전화해도 받지 못할 거야…….

엄마, 고모부가 정말 자전거를 훔쳤을까? 경찰 아저씨들은 고모부한테 왜 그런 말을 한 걸까? 아이참, 불안해 죽겠어.

고모부가 경찰 아저씨들하고 나가시자마자 서아는 또 책을 폈어. 너 어쩌면 이 상황에 책을 읽니? 지금 책이 읽혀? 내가 고함을 질렀어. 그랬더니 엄마, 서아가 뭐라는 줄 알아? 고모부가 하던 거 하고 있으라고 했잖아, 글쎄 이러잖아. 얘는 도대체가……. 정말로 이해할 수 없는 애야! 고모부가 하던 거 하고 있으랬다고 쪼르르 가서 책이나 읽고 있다니, 이게 말이 돼? 서아는 '책충이글충이' 야. 아! 엄마, 이건 내가 지은 서아 별명이야. 맨날 책만 봐서 이렇게 지었어. 요즘 애들이 '땡땡충'이라는 말을 많이 쓰거든. 급식 먹는 학생들은 '급식충', 매사에 지나치게 진지한 사람들은 '진지충', 이렇게 말이야. 그래서 내가 서아한테도 붙여줬지. 쉿! 그렇지만 이건 고모한테 비밀이야. 고모는 이런 말 하는 걸 정말 싫어하거든. '급식충'이라는 말이 학생들을 비하하고 혐오하는 단어라고 잔소리하실 게 분명해. 그러니 이건 엄마하고 나하고 비밀이야, 알았지?

교아가 뭐 하는지 가 봐야겠어. 아까 경찰 아저씨들 왔을 때 교아가 제일 많이 놀랐을 것 같아. 그때 우리 둘은 거실에서 빨래를 개고 있었거든. 언제나처럼 교아가 인터폰을 들었어. 엄마, 우리 교아가 그렇잖아. 옛날에도 벨 소리가 나면 제일 먼저 달려갔잖아. 기억나지? 그런데 밖에서 벨을 누른 사람이 고모도 아니고 아빠도 아니니까 얘가 가만히 있는 거야. 내가 누구냐고 물어도 말도 안 하고. 인터폰 화면만 뚫어지게 보잖아. 고모부가 방에서 나오셔서 누구냐고 묻고 문을 열 때까지도 교아는 꼼짝 않고 서 있었어. 교아한테는 내가 '장승충이'라고 별명을 붙일까 봐. 얘는 간혹가다가 정말로 장승처럼 가만히 서있는다, 엄마.

고모부가 무슨 일이냐고, 들어오시라고, 그렇게 말씀하시는 소리가 현관에서 들렸어. 그러고는 곧 커다란 아저씨 두 사람이 고모부를 따라 거실로 들어왔는데, 아, 엄마 나 그때 정말로 무서웠어. 그 아저씨들이 무서워서가 아냐. 아저씨들은 오히려 슬쩍 웃기까지 했는데, 글쎄, 고모부 표정이 딱딱하게 굳은 거야. 말씀은 여기 앉으세요, 부드러웠지만 얼굴은 그렇지 못했어. 거실로 들어온 아저씨 중 한 사람이 자전거 도난 신고를 받고 며칠 동안 CCTV를 봤다고 말했어. 나는 단번에 경찰인 줄 알았지. 사장님이 아파트 앞까지 자전거를 가져온 것도 확인했고, 엘리베이터에 자전거를 싣고 내리는 것도 봤다, 이러니까 고모부 표정이 더 일그러지는 거야. 어떤 기억을 떠올릴 때처럼 이마를 찌푸리는 것 같기도 하고 화가 난 것 같기도 했어. 고모부가 의자에 앉기를 다시 권하니까 경찰 아저씨들은 앉을 이유는 없고 자전거만 찾으면 되니까 자전거 있는 곳만 말하라고 했어. 보름전쯤에 사거리 편의점 앞에서 자전거 한 대 끌고 가는 걸 CCTV로 다 확인했으니까 그 자전거 어떻게 했는지만 말씀하시면 된다고 하는데, 우리가 할 수 있는 건 셋이서 붙어서서 고모부를 쳐다보는 것뿐이었어. 그런데 고모부 표정이 또 살짝 변하는 거야. 우리 셋이 고모부만 쳐다보고 있으니까, 우리 앞에서 어떡해야 하나 난감해하시는 것 같다는 생각이 잠깐 들었어. 그런데 그때 고모부 대답이, 아니지 이걸 대답이라고 할 수는 없지만, 어쨌든 고모부가 대답해야 할 차례에 이렇게 말씀하시는 거야. 왜 이제야 왔습니까? 보름이나 지나서?

엄마, 이게 무슨 뜻일까? 고모부는 왜 경찰 아저씨들에게 보름이나 지나서 왔느냐고 물었을까? 이건 고모부가 경찰들을 기다렸다는 뜻일까? 기다렸다면 반가워해야지, 그치? 평소 고모부 같지 않게 그 당황스러워하는 표정은 아무래도 앞뒤가 맞지 않아. 그런데 경찰 아저씨들이 또 이렇게 다그치는 거야. 자전거 어떻게 했어요? 소리는 크지 않았지만, 엄청 싸늘했어. 영화에서, 냉혹한 킬러나 인정이라고는 조금도 없는 보스가 말하듯이 짧고 무거운 소리였어. 잠시 침묵이 흘렀어. 고모부가 가만히 우리를 내려다보시더니 이렇게 말씀하시는 거야. 하던 거 하고 있어라. 그러고는 아저씨들과 함께 나가셨어.

엄마, 나는 아무 대답도 할 수 없었어. 어떻게 하지? 어떻게 하지? 속으로 이 소리만 되뇌었어. 현관까지 따라가지도 못하고 다녀오시라는 인사도 할 수 없었어. 엄마 내 맘이 어땠는지 알겠지? 현관문 도어록이 띠리릭 닫히는 소리가 들리고 그때부터 교아가 울기 시작했어. 울 일이 아니라고 했어. 별일 아니니까 이런 걸로 울면 안 된다고. 그런데 내 가슴도 쿵쾅, 쿵쾅, 뛰잖아. 커다란 공룡 하나가 가슴 속에서 쿵쿵 트램펄린을 굴리는 것 같았어. 울고 있는 교아를 안고 있다가 돌아보니 서아는 어느새 방에 들어가고 없네. 걱정돼서 들어갔더니 글쎄 턱까지 괴고 앉아 책을 읽고 있잖아. 내가 얼마나 화딱지가 났게? 못된 것! 서아 저건 정말 피도 눈물도 없는 놈이야!

그나저나 엄마 우리 어떻게 해? 고모부는 어디를 가신 걸까? 정말 경찰서에 끌려가신 걸까?

2. 편백 숲에

엄마, 오늘 아침 일찍 갈모봉에 있는 편백 숲에 갔어. 아빠랑 숲에 간 게 정말 오랜만이야. 그날 이후로는… 한 번도 못 갔으니까……. 어제 고모랑 고모부 기다리느라 늦게 잤는데, 아침 일찍 아빠가 깨우시잖아. 더 자고 싶어서 이불을 푹 뒤집어썼어. 그런데 서아가 일어나서 아빠한테 언니 깨우지 말라는 소리를 하잖아. 그 소리를 듣고 어떻게 안 일어나겠어? 교아는 눈을 감고 잠옷을 갈아입는데, 서아는 제일이라고 벌써 세수까지 하고 방에 들어오잖아. 언니 체면에 싫다는 소리도 못 하고 따라 나왔지.

편백 숲을 올려다보며 우리는 정확히 30분만 숲에 있기로 했어. 숲으로 오르는 시간 20분, 내려오는 시간 10분. 그리고 후딱 차를 타고 가서 밥을 먹기로 했어. 아빠가 오늘 아침밥 맛이 특별히 좋을 거라고 하시며 어깨를 빙글빙글 돌렸어.

우리는 선선하고 상쾌한 공기를 깊이 들이마시며 숲길을 올랐어. 갈모봉 입구에 도착할 때쯤 살짝 떠오른 해가 멀리서 햇살을 뿌려대고 있었어. 그렇지만 숲은 편백 짙푸른 가지로 천장을 씌운 듯해서 하늘조차 조각난 색종이처럼 보일 뿐이었어. 빛줄기가 숲속 깊이 내리꽂히려면 우리가 떠나고 한참 한참 뒤에나 가능할 거야.

서아는 윗옷을 벗고 오르막을 힘차게 걸었어. 자기를 위해 이 숲에 왔다는 것을 충분히 알고 있는 서아는 숲으로 오르는 20분 동안 최대한 깊숙이 들어가려는 듯 걸음을 빨리 했어. 편백이 가졌다는 그 신비한 치유의 혜택을 받으려는 듯 가쁜 숨을 몰아쉬었지. 소매를 걷어 올린 팔은 벌겋고 딱지 앉은 상처는 갈모봉의 흙처럼 검기까지 했어. 이 숲에서 서아가 맨살을 드러낸 거지 좀처럼 이런 모습은 보기 어려워. 엄마가 우리 곁에 있을 때보다 증세가 더 심해진 것 같아. 서아를 뒤따라 걷다 보니 아빠랑 교아는 멀찍이 뒤에 있네. 교아가 아빠 손을 잡고 뭐라고 말을 하고 있었는데 들리지는 않았지. 나는 교아와 아빠를 남겨 두고 서아를 따라잡았어. 우리는 경보라도 하는 사람처럼 걷기에 열중했어. 아마 뒤에서 봤다면 삐쭉빼쭉 씰룩씰룩 우습지도 않았을 거야, 그치, 엄마?

서아를 뒤좇으며 그 생각을 했어. 아빠가 좀 괜찮아지셨는가 보다고. 그때 이후로 이 숲에 오는 것은 꿈도 꾸지 못했잖아. 아빠는 밤이면 엄마한테 가고 낮에는 학원에서 일해야 하니까. 고모도 마찬가지고. 아니, 어른들이 바빠서 여기에 오지 못했던 건 아니었어. 엄마가 그렇게 있으니까 숲에 놀러 온다는 건 말도 안 되는 거였어. 아, 물론 우리가 놀러 오는 게 아니라… 아픈 서아 때문에 일부러 부지런을 떨면서 여기에 온다는 걸 모두가 알고 있지만… 그래도, 그동안은 엄두를 낼 수가 없었어. 그런데 아빠가 예고도 없이 이렇게 가자고 하시니까, 어쩌면 아빠 마음에 안정이 찾아들고 있다는 생각이 드는 거야. 그게 아니라면 서아 병세가 나빠지고 있다는 고모 말씀을 들으셨던 건지도 몰라. 그것도 아니라면, 어젯밤 엄마 옆에서 서아와 교아를 돌봐야겠다는 각오를 새롭게 하신 건지도 모르지. 이유야 어쨌든! 난 좋아 엄마. 아빠가 어떤 계기로 다시 이 숲에 가자고 결심을 한 것인지는 몰라도, 우리와 함께 있잖아. 난 그것만도 좋아!

멀리서 아빠가 부르는 소리가 들렸어. 시간이 다 됐나 봐. 우리는 내리막길을 달려 내려갔어. 그리고 넷이서 손을 잡고 서둘러 숲길을 벗어났어. 차에 올라타는데 문득 어젯밤 일이 생각나는 거야. 그래서 아빠한테 경찰 아저씨들이 왔다 간 이야기를 했지. 경찰 아저씨들이 고모부한테 했던 말도 그대로 전했어. 고모랑 고모부는 12시 반이 넘어서 집에 들어오셨고, 나는 걱정이 돼서 그때까지 잠을 자지 않았다는 것도 얘기했어. 그리고 그 늦은 시각에 두 분이 함께 들어오신 걸 보면, 자전거 사건에 대해서 밖에서 말씀을 나눴던 게 분명하다고 내가 내린 추리까지 말씀드렸어.

엄마, 아빠도 나처럼 이해가 되지 않는대. 뭔가 경찰 쪽에서 착오가 있는 것이 틀림없다고 하셨어. 아무렴, 당연하지! 고모부가 겨우 자전거 한 대를 훔치다니, 이건 정말 말도 안 되는 소리야.

3. 어느 날 세상이 멈췄어

엄마…….

이건 Life Goes On이라는 노래야. 방탄소년단 노래. 나, 이 오빠들 좋아하잖아. 기억하지 엄마?

어느 날 세상이 멈췄어
아무런 예고도 하나 없이
봄은 기다림을 몰라서
눈치 없이 와 버렸어

발자국이 지워진 거리
여기 넘어져 있는 나
혼자 가네 시간이
미안해 말도 없이

끝이 보이지 않아
출구가 있긴 할까
발이 떼지질 않아 않아

선생님 말씀도 귀에 들어오지 않고, 공부하고 싶은 생각도 하나 없어. 끝이 보이지 않아. 출구가 있긴 할까? 엄마, 정말 출구가 있을까? 끝이 날까?

아빠는 오늘도 아침에 오셨어. 엄마한테 가니까 일찍 자라는 문자를 어젯밤 12시 넘어서 받았는데, 아빠한테 전화를 못 했어. 운전하고 계시는데 전화 받으면 안 되잖아. 고속도로는 더 위험해. 그래서 나중에 아빠가 엄마한테 도착할 시간쯤에 통화해야지, 하고, 시계만 쳐다보고 있었는데, 어느새 잠이 들어버렸어. 시곗바늘이 움직이는 걸 보고 있자니 재깍재깍, 또각또각, 소리가 들려왔어. 참 이상하지 엄마? 분명히 아무 소리도 나지 않는 그 바늘이 한 칸, 한 칸, 움직일 때마다 내 귓속으로 뭔가가 걸어 들어오는 것 같았거든. 한 발, 한 발, 또 한 발. 마치 검은 구두를 신은 누군가가 걸음을 옮기는데, 그때마다 가만히 공기가 파동을 일으켰어. 1초마다, 한 번씩, 정확하게, 20Hz의 저음을 만들어냈어. 낮고, 무거운 소리, 내 고막을 두드리는 느린 소리, 톡, 톡……. 결국은 아빠가 엄마한테 도착했다는 소리도 못 듣고 자버린 거야.

아침밥을 먹고 학교 갈 준비를 할 때 아빠가 오셨어. 고모가 밥부터 먹을래? 하니까 아빠는 씻고 먹겠다며 욕실로 가셨어.

내가 서아와 교아 머리 묶어주고 학교 가려고 가방을 메는데 아빠 핸드폰이 옆에 있는 거야. 새로 찍은 엄마 사진이 있는가 하고 내가 아빠 폰을 열었는데……. 아이, 그게 잘못이었어. 그걸 보는 게 아닌데……. 정말로 난 엄마 사진을 보려고 했던 건데…….

엄마, 거기, 우리 동생 사진이 있었어. 초아라고 이름 지은 우리 동생 말이야. 한 달 전에 태어난 우리 동생……. 세상에! 그런데 우리 동생이, 우리 초아가……. 입에는 주황색 네블라이저를 끼우고, 머리는 온통 흰 붕대로 감겨 있었어. 파란색 송기 호스는 초아의 팔목만큼이나 굵어 얼굴을 내리누르는 듯하고, 양쪽 가슴과 배, 양쪽 발목과 손목에까지 노란색, 초록색, 빨간색, 흰색의 선들로 이어진 센스가 고정되어 있었어. 양팔을 날개처럼 펼치고 있는 우리 초아 몸은… 엄마, 초아 몸은 바알간 살구 같았어. 이제 막 불그레한 물이 들어가는 살구. 살짝 만지기라도 하면 상처가 날 것 같아 감히 만지기조차 두려운 살구. 내가 사진 위로 손가락을 가만히 가져다 댔어. 그렇지만, 그 색색깔 장치들에 덮인 우리 초아의 몸은 어디고 만질 수가 없어. 초아 몸 위로 꼬이고 감기고 늘어진 채 주렁주렁 매달린 수액 봉지는 갑자기, 언제라도, 쿵, 하고 우리 초아 위로 떨어져 내릴 것만 같았어.

아아, 엄마 난 정말로 바보야. 우리 동생이 한동안 병원에 있어야 한다고 했을 때 난 정말로 이런 상황을 생각하지 못했어. 그때 내 머릿속에는 분홍색의 아기자기한 침대에 누워있는 앙증맞고 사랑스러운 천사만 생각하고 있었다고. 엄마가 없으니까 집에 못 오는구나, 바보같이 그렇게 생각했던 거야. 엄마가 돌아오면 초아도 올 테니 그때까지 그냥 기다릴 수밖에 없겠다고 보고 싶은 마음을 단념하고 있었어. 난 정말 바보야! 난 정말 천치 멍청이야! 동생은 안 아프냐고 진작 물어봤어야 하는데! 아빠가 매일 매일, 밤낮을 가리지 않고 병원에 가는데, 그걸 눈치 못 채고! 에잇 바보, 난 진짜 바보 멍청이야!

끝이 보이지 않아
출구가 있긴 할까
발이 떼지질 않아

엄마, 나는 엄마만 돌아오면 다 끝날 거로 생각했어. 곧, 엄마만, 돌아온다면, 모든 게 다, 모든 게 다, 해피엔딩이 될 거라고…….

엄마…

우리 초아는 얼마나 무서울까?

그렇게 눈을 감고, 무슨 꿈을 꿀까?

무슨 꿈을…….

어느 날 세상이 멈췄어
아무런 예고도 하나 없이

그래,

그날 멈췄어. 그날 세상이 멈췄어, 그날 우리들의 세상이 멈춰버린 거야.

생각하지 않으려 해도, 자꾸 생각이 나.

울면 안 되는데,

내가 울면 안 되는데,

여기서 이렇게 울고 있으면 안 되는데…….

4. 담임이 고모를 불렀어

엄마, 담임이 고모를 불렀어. 내일 11시까지 교무실로 오래. 고모한테 무슨 말을 할지 뻔해. 매번 하는 그렇고 그런 이야기를 또 늘어놓겠지? 강아는 재능도 많고 가능성도 큰 학생이에요. 다만 열정이 부족한 게, 그게 좀 아쉬워요. 이 아이한테 할 수 있다는 자신감을 심어주셔야 해요. 자신의 에너지를 쏟아부을 수 있도록 계기를 만들어주시는 게 중요해요. 따분하고, 의례적이고, 형식적인 이야기. 진짜로 접대성 멘트들이야. 담임의 그 특유의 표정, 이를테면 눈을 똥그랗게 떴다가 가늘게 모았다를 반복하는 그 자연스러우면서도 진지한 표정은 압권이야. 또 안타까운 감정을 내보일 때는 저 멀리 어딘가로 응시하는 듯한 눈빛을 은근히 흘려보내. 내 눈을 똑바로 주시하는 그 모습은 또 어떻고! 그 분명하고 또렷한 미간과 콧날, 그 아래 조물조물 움직이는 미소에는 정말 진심이 담겨 있는 듯해. 난 처음에 이런 분이 우리 담임이 되다니! 하고 얼마나 감동했는지 몰라. 그런데 두 번, 세 번, 상담할 때마다 실망해. 담임이 하는 말은 이제 다 외운다니까!

그렇지만 이건 모두 내 잘못이야. 내일 고모가 담임을 만나게 된 것도, 담임에게서 들은 이야기를 아빠하고 고모부한테 전하면서, 강아 담임이 그렇게 높은 교양과 교육에의 열정을 지닌 분인지 몰랐다며 냉정을 잃고 감탄할 고모를 보게 될 것도. 어디 그뿐이게? 아빠는 펄쩍펄쩍 뛸 테고, 아니야, 아니야, 아빠는 식탁에 팔꿈치를 세운 채 양손으로 이마를 싸잡고 있을 거야. 고모부는 베란다로 담배를 태우러 나가시겠지? 아마 한참 동안 들어오시지 않을 거야. 서아 그 못된 것은 내 그럴 줄 알았다는 표정으로 나를 쏘아볼 거야. 입술을 뒤틀고 경멸하는 듯이 노려보다가 방문 저쪽으로 사라질 테지. 교아는 구석에 가만히 앉아서, 돌덩이처럼 앉아서, 듣고만 있을 테고. 다음날 늦게 소식을 들은 오빠는 빙글빙글 웃으면서, 어이, 김강아! 드디어 대한민국 정규 교육과정에 반기를 드는 건가? 반기든 안 반기든 높이 들어야 해, 높이, 하하! 하면서 재미도 없는 농담을 할 거야. 오빠는 공부 때문에 미쳐가는 건지 날이 갈수록 이상한 소리를 자꾸만 늘어놓는데, 하나도 재미없어. 진짜 요즘 말로 아저씨 개그야. 언어유희라나 뭐라나. 고집불통 중학생은 못 알아듣는, 유쾌 발랄한 정신세계를 지향하는 사람만이 창조

해낼 수 있는 독창적인 언어의 세계라고 하지만 내가 보기엔 영 아니야. 언어유희가 아니라 언어유치야.

아아, 엄마! 어쨌든 이 모든 건 다 내 탓이야. 멍청한 표정으로 창밖을 내다보는 게 아니었어. 교과서 안 본다고 지적을 두 번이나 당했으면 정신을 바짝 차렸어야 했는데. 한 번 눈 밖에 난 아이한테는 진드기처럼 달라붙는 담임 성질을 알고 있으면서도 넋을 놓고 있었다니. 이런 멍청이! 나한테 화가 나서 견딜 수가 없어. 세상에 다시없을 진지함이 네 얼굴에 묻어 있는 건 무슨 까닭일까? 과학 선생 같지 않은 말투로, 허리까지 숙여서 내 눈을 마주치는 담임이 진짜 역겨워. 꼭 배우 같다니까! 엄마 그 사진 있잖아. 퓰리처상 수상작 중에서 경찰 아저씨가 허리를 90도로 꺾어서 작은 남자아이하고 눈을 맞추며 이야기하는 사진 말이야. 그런 자세로 기우뚱 내 눈앞에 얼굴을 들이밀더라고!

애들은 와하하, 우헤헤, 나자빠지는데, 아, 엄마 미안해. 말 조심할게. 어쨌든 애들은 낄낄낄 책상을 치면서 웃어 젖혔어. 이때가 아니면 언제 웃으랴, 아주, 미친 듯이, 열과 성의를 다해 웃더라니까. 그냥 내 책상을 쾅, 치든지, 아니면 내 등이라도 한 대 때리든지 하면 될 텐데, 담임은 나를 조롱하고 웃음거리로 만들었어. 학생의 눈높이에까지 자신을 낮추어 응대할 줄 아는 자애로운 선생으로 칭송받고 싶은 모양이지만, 난 절대 인정할 수 없어. 우리 담임 절대 그런 사람 아니야. 위선적이고 독선적이고 일방적이고, 또… 또… 아, 어쨌든 많은 사람이 속고 있고, 내일은 고모까지도 우리 담임한테 홀딱 속을 테지만, 엄마는 내 말 믿어야 해. 절대 담임의 그 가면에 속으면 안 돼. 알겠지?

담임이 접었던 허리를 들어 올리며 삐딱하게 나를 내려다봤어. 에잇! 그때 내가 눈을 마주치지 않았어야 했는데! 내가 그만 담임 얼굴을 빤히 쳐다봤거든. 어떤 감정을 담아서 본 건 아니었어. 그냥 쳐다봤는데 담임은 내가 자기를 노려본다고 오해했는지 반항한다고 단정을 한 건지 냉랭한 목소리로 이렇게 말하지 않겠어? 김강아, 왜 네가 며칠째 넋을 놓고 있는지 알아야겠어. 내일 11시까지 어머니 오시라고 해. 3학년 교무실로 바로 들어오시면 돼. 그리고는 칠판 앞으로 척척 걸어가는 거야. 그때 친구들이 웅성웅성했어. 저……. 저 ……. 선생님, 강아 엄마는…….

반 애들도 다 알고 있는데… 다들 내 심기를 건드릴까 봐 내 앞에서 말조심하느라 애를 쓰는데… 11시까지 엄마 오시라고 해! 이게 말이 돼? 정말 담임 맞아? 그때 내 맘이 얼마나 아팠는지 엄만 모를 거야. 시커먼 거인이 그 커다란 발로 내 가슴팍을 콱, 짓뭉개는 것처럼 숨을 쉴 수 없었다고.

그렇지만 담임한테 서운한 거 하나도 없어. 아마 까먹었겠지. 자기 일 아니니까. 공부도 못하는 나 같은 애 일까지 어떻게 구질구질하게 외고 있겠어? 자기는 몰라도 돼. 까먹어도 돼. 그런 일 따위로 울 내가 아니지. 그럼!

내 맘이 아팠던 건, 말도 못 하게 아팠던 건, 엄마가 내일 11시까지 오지 못한다는 사실 때문이었어. 하늘하늘 예쁜 옷을 입고 사뿐사뿐 걸어야 하는데, 그러지 못한다는 것 때문이었어. 늘어진 호흡기와 링거병, 아직 이름도 외우지 못하는 기계 장치들 사이에서 잠들어 있는 엄마 모습이 떠올랐기 때문이었어. 기계음의 일정한 반복만이 엄마가 살아있다는 것을 알리고 있는 그 중환자실이 눈앞에 뿌옇게 펼쳐지는데, 어떻게 숨을 쉴 수 있겠어? 아직도 나는, 엄마가 그렇게 됐다는 사실이 믿기지 않아.

그런데 엄마, 우리 초아도 엄마처럼 똑같은 모습으로 누워 있잖아! 정말 억울하고, 정말로 억울하고……. 엄마, 난 정말 억울한 생각밖에 들지 않아. 정말로…….

아빠 핸드폰에서 본 초아 사진이 떠오를 때마다 나는 되물었어. 왜 우리한테 아무 말씀도 안 했을까? 초아 얘길 숨긴 아빠도 고모도 다 미웠어. 어쩜 감쪽같이 속였지? 언제까지 아무 말 않고 지낼 작정이었어? 왜 속인 거야? 왜 숨긴 거야? 가족이라면서!

가슴이 찢어지는 것같이 아프고, 뭔지 모를 것들이 부글부글 끓어올랐어. 툭툭 튀어 올랐어. 마구마구 튕기어 나와 내 머리통이며 가슴팍을 퍽퍽 때리는 거야. 마녀는 커다란 솥에다 도마뱀도 집어넣고, 개구리도 집어넣고, 독버섯도 집어넣고, 몽땅 집어넣어서, 커다란 국자로 휘휘 저어대며 까르르 노래를 부르던데, 나도 그 커다란 솥을 빌려다가 내 속에서 움직이는 것들을 몽땅 집어넣고 싶어. 그 뜨거운 솥에다 전부 던져 넣은 다음에 사르륵사르륵 녹여버리고 싶어. 폭, 폭, 가끔 공기 방울이 부풀어 오르면 국자로 톡 터뜨리면서, 시원하게 터뜨리면서, 나도 하하하고 웃고 싶어.

그래서… 그래서… 엄마, 정말로 난 아무것도 할 수가 없어. 정신을 차릴 수가… 없어.

엄마, 담임이 나한테 미안하대. 쳇, 미안하긴 뭐가 미안해? 수런거리는 아이들 소리에 아차 싶었던가 봐. 몸을 홱, 돌리더니 또 애써 그 난처하고 미안한 표정을 지어내면서 정말 미안하대. 제기랄! 빌어먹을! 엄마, 좋은 말만 쓰고 싶어도 쓸 수가 없어. 내 고운 인성을 톱으로 쓰윽쓰윽 잘라서 우둘투둘 거칠게 만드는 건 우리 담임이야. 아이들이 다 쳐다보고 있으니까 담임은 엄마를 오라고 한 명령을 철회하지 못하고, 대신 고모를 오라고 한 거야. 그 상황에서 엄마 오시지 않아도 돼, 혹은 엄마 오시지 말라고 말씀드리렴, 이런 소리를 할 순 없었겠지? 흥!

그렇지만 큰일이야. 고모가 내일 담임을 만나면 난 정말… 죽었다.

5. 링겔만의 수수께끼

엄마, 내 예감이 적중했어. 내 예상대로 정확히 들어맞았어.

오늘은 수요일이라 아빠하고 고모가 일찍 수업을 끝내고 들어왔어. 고모부는 학원생들 운행 끝내고 30분쯤 후에 들어오셨고. 식구들이 모두 식탁에 앉자 고모가 낮에 담임한테서 들은 말들을 하시기 시작했어. 바둑에서 복기하듯이 담임이 했던 말들을 고모가 하나하나 옮기기 시작하셨지. 내가 예상했던 대로, 담임은 나한테 어울리지도 않는 칭찬으로 시작해서, 어디 적어뒀다 외운 건지 내 행동 하나하나를 지적했어. 사회 선생님하고 언쟁을 벌인 건 어떻게 안 건지 그것도 얘기하고, 수학 선생님하고 있었던 일도 알고 있더라고. 그리고는, 이러함에도 불구하고 학교 측은 김강아를 무한 애정으로 살피고 있으니 가정에서도 깊은 관심을 가지고 지도해 달라, 이렇게 마무리를 했다는 거야.

고모의 생생한 보고가 끝나자 -어쩜 고모는 담임한테 들은 이야기를 직접 목격한 것처럼 그렇게 설명을 잘하시나 몰라- 고모부는 담배를 들고 베란다를 사수하러 가셨고 아빠는 굳게 입을 다문 채 식탁을 내려다보셨어. 교아는 고모 옆에서 손을 모은 인형이 되어 앉아있었고, 서아는…? 서아는 어쩌고 있었는지 기억이 안 나네. 내가 안 보는 새 내 얼굴에다 경멸의 화살을 마구마구 날렸는지도 모르지. 나는 최대한 얌전하고 공손하게 고개를 떨구고 있었어. 담임 앞에서 눈 한 번 잘못 치켜떴다가 이 사달이 났는데 어떻게 눈을 똑바로 뜰 수가 있겠어.

아, 그러고 보니 예상이 빗나간 것도 있네. 고모가 담임의 인품이나 교육열, 제자에 대한 사랑 따위를 언급하며 열렬히 칭송하지 않은 거야. 담임이 한 말에 감정을 담지 않고 객관적으로, 사실적으로, 또 무슨 단어가 있더라? 음… 어쨌든 있는 그대로 전달만 하셨어. 불행 중 다행이야. 내 앞날은 위태롭게 되었지만, 고모가 담임의 수작에 낚이지 않은 건 정말 천만다행이지. 물을 마시고, 빈 잔에 또 물을 부어 마시던 고모가 마침내 말씀을 시작하셨어. 서아야, 교아야, 내가 너희 담임 선생님도 만나 봐야겠다. 나는 깜짝 놀랐어. 나를 꾸중할 차례인데 이게 무슨 소리야? 나는 처음으로 고개를 들어 고모를 바라봤어. 내가 그동안 먹고 사는 일에 급급해서 안달재신 뛰어다녔는데, 정작 중요한 것은 우리 조카들 먹이고 입히는 일이 아니네. 오늘 강아 담임하고 이야기 나누면서 참 착잡했다. 그때 고모부가 베란다 문을 닫고 들어오시며 내일이라도 당장 약속 잡아서 담임선생들을 만나보라고 말씀하셨어. 들어오시면서 고모가 하신 말씀을 들으신 모양인데 불콰한 얼굴색이 화가 나신 게 분명했어. 고모가 예, 라고 짧게 대답하며 또 한잔 물을 마시는데 아빠가 이러시는 거야. 내가 애들 담임 선생님 찾아갈게. 손바닥으로 얼굴을 쓸어내리는 아빠의 볼은 해쓱하고 눈은 충혈되어 있었어. 고모가 물잔을 내려놓으면서 아빠더러 오늘은 집에서 자고 내일 아침에 일찍 병원에 가라고 하셨어. 모든 일은 고모가 알아서 처리하겠다고 하시면서 말이야. 아빠가 다시 고집을 피우셨지. 내가 만나볼게. 내가 만나야지. 그렇지만 고모가 엄마 정밀검사 예약 잡아놓았는데 늦게 갈 수 없다며 일찍 가서 준비하라고 말씀하실 땐 아빠도 더는 아무 말씀을 안 하셨어. 과속하지 말고 늘 천천히 달리라는 말씀을 끝으로 고모와 아빠의 대화는 끝이 났어.

우리 담임이 내 행동에 문제가 있다고 막 험담하니까, 그때부터 고모는 서아, 교아도 나처럼 이러고 있을지 모른다고 생각하신 것 같아. 아빠와 고모부도 고모 생각에 동의해서 동생들 학교생활을 점검해야겠다고, 그것도 시급히 조사해야겠다고 생각하신 게 틀림없어. 이참에 면밀히 조사해서 나처럼 되지 않게 불씨를 사전에 막자는 것이겠지?

엄마, 나는 아빠가 아무 말씀도 안 하고 있으니까 불편해서 죽을 것 같았어. 어제부터 나는 어떤 벌이 내려질지 계속 계산하고 있었거든. 단단히 긴장하고 있었다고. 1단계는 소리치는 것이야. 2단계는 매를 맞는 것이고. 여기서 단계라는 것은 분노 게이지를 말하는 거야. 담임이 말을 잘하거나 그러니까 좀 에둘러서, 내지는 덜 직설적으로 말을 하면 1단계가 될 거로 생각했어. 그러나 평소 우리 담임이 표현하는 식으로 주절주절 설명을 장황하게 하고 그때 자기가 느낀 감정까지 섞어서 말했다 하면, 이건 분명히 2단계, 운이 나쁘면 3단계까지도 올라가게 될 거로 생각했어. 3단계는 뭐냐고? 스마트폰 빼앗기는 거지. 평소 아빠도 고모도 내가 폰 가지고 노는 거 싫어하시잖아. 아무짝에도 쓸데없는 게임이나 하고, 낭비적이고 소모적인 문자질이나 한다고 생각한단 말이야. 그러니까 내가 생각한 최악의 상황은 폰 압수였어. 폰이 없으면 어떡하지? 어떻게 해야 돌려받을 수 있을까? 얼마나 있어야 받을 수 있을까? 그것도 걱정이었단 말이야.

그런데, 아무도 화를 안 내는 거야. 분위기는 무겁게 가라앉아서, 마치 고모 집 전체가 아래로 아래로 가라앉는 것 같았어. 커다란 거인이 이 아파트에서 고모 집 하나만 똑, 떼어다 바닷속으로 슬그머니 떨어뜨린 것 같았어. 검고 깊은 바닷속으로, 차고 깊은 바닷속으로, 점점… 가라앉는 집. 커다란 투명유리 너머로 집안의 모든 것이 보이는데, 식탁 앞에 앉은 어른 셋과 아이 셋은 각자 침울한 표정을 짓고 있어. 찬 바다의 냉기와 검은 바다의 어둠이 세포막을 지나는 이온처럼 유리창을 투과해 들어와 식탁에 앉은 식구들의 몸으로 스며드는 것 같았어. 엄마, 난 정말 불안했어. 나 때문에 벌어진 이 난감한 상황을 어떻게 해야 하나? 정말 이런 사태는 예측하지 못했거든. 어른들이 화를 내고 소리쳐야 하는데, 이때는 뭘 어떻게 해야 할지 모르겠는 거야.

그때, 아빠가 종이와 연필을 가져오라고 하셨어. 늘 그렇듯이 교아가 벌떡 일어나니까 아빠는 나보고 가져오라고 하셨어. 내가 종이하고 연필을 식탁 위에 올려놓았어. 아빠가 그림을 그리기 시작했어. 그림은 간단했어. 가운데를 기준으로 양쪽으로 화살표를 그리고 그 화살표 위에 사람을 그렸어. 이렇게 말이야.

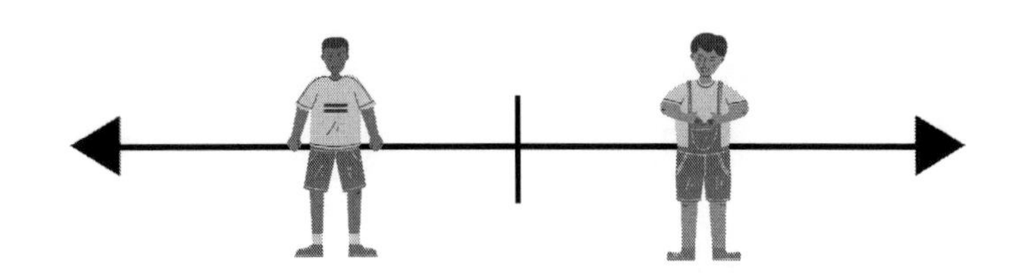

우리 셋은 가만히 아빠가 그림 그리는 걸 봤어.

"이것 봐. 이건 줄다리기하는 사람들이야."

서아가 끼어들었어.

"일 대 일로만 하는 거야?"

"몇 사람이 시작하는지는 중요하지 않아. 얼마나 많은 사람이 참여하는지도 중요하지 않고. 핵심은 그게 아니야."

아빠가 우리들이 잘 볼 수 있게 그림을 돌려놓으며 물으셨어.

"줄다리기 해 본 적이 없지?"

"유치원 다닐 때 해봤어. 어떻게 하는 줄 알아."

또 서아가 대답했어.

"처음에 한 명씩 줄다리기를 시작할 거야. 이 사람들은 경기에서 이기려고 줄을 힘껏 잡아당기지. 지기 위해서 싸우는 사람은 없잖아. 그렇지?"

교아가 고개를 끄덕였어.

"강아야, 이 사람들은 각각 5뉴턴씩 힘을 낼 수 있다고 하자."

"뉴턴이 뭐야?"

또 서아였어. 내가 팔꿈치로 서아를 픽 쳤어. 가만 좀 있으라고 말이야.

"힘의 크기지. 그냥 이 사람들이 각각 다섯 개의 힘으로 줄을 당긴다고 생각하면 돼. 자, 이제 여기에 사람들이 더 붙을 거야. 이 사람들도 모두 다섯 개씩의 힘을 쓸 수 있어."

대체 아빠는 뭘 하려는 걸까? 나는 곰곰이 생각하기 시작했어.

"이제, 이쪽 편과 저쪽 편에 각각 네 명씩을 더 넣어서 모두 다섯 명이 한 편이 되어 줄다리기를 할 거야. 강아야, 이쪽과 저쪽의 힘의 크기가 각각 얼마씩 되겠니?"

응? 힘이 얼마냐고?

엄마, 아빠가 나한테 줄다리기 하는 사람들의 힘의 총합이 얼마냐고 묻잖아. 내가 아무리 공부에 젬병이라고 해도, 5 곱하기 5를 모를까? 25뉴턴이라는 답이 뻔한데, 아빠가 이런 걸 묻다니, 이거 정말 이상하잖아? 나는 대답을 할 수 없었어. 정말로 나한테 25뉴턴이라는 대답을 듣기 원하는 건지, 아니면 다른 답을 원하는 건지 헛갈리기 시작했어.

"25야. 답은 25."

대답 소리에 쳐다보니 교아가 손가락을 짚어가며 25이라고 대답을 하네. 교아가 요즘 제법 덧셈을 잘해. 내가 머리를 만져주니까 교아가 날 쳐다보며 씨익 웃었어. 오랜만에 보는 웃음이야.

"맞다, 25지. 교아 계산대로 25가 맞아."

아빠가 그림 양쪽으로 25이라는 숫자를 쓰고 동그라미를 쳤어.

"그런데 이걸 왜 물어?"

또 서아가 참견했어. 이렇게 쉬운 걸 왜 묻느냐고 하는데, 사실은 내가 아빠한테 묻고 싶은 말이었어. 입이 안 떨어져서 가만히 있었을 뿐이지.

"이건 정답이지만 정답이 아니야."

"정답이 아냐?"

"실제로 줄다리기를 하면 사람들은 스물다섯 개의 힘을 내지 않는대. 분명히 계산상으로는 5뉴턴씩 5명이 힘을 합치면 25뉴턴이 되어야 하지만 사람들은 그렇게 하지 않아. 여기 세 사람씩 당길 때도 마찬가지야. 수치상으로는 15뉴턴의 힘이 양쪽으로 작용하는 거지만, 실제로는 12뉴턴 정도의 힘밖에는 나오지 않는대."

"……."

"더 이상한 건, 이 줄에 더 많은 사람이 붙으면 붙을수록 한 개인이 쓸 수 있는 5뉴턴이라는 힘은 점점 더 줄어든다는 거야."

"왜? 왜 그런 거야?"

"그러게 말이다, 서아야. 왜 그럴까? 왜 자신이 가진 능력을 힘껏 발휘하지 않을까?"

"……."

"이 줄에 서 있는 모두가 각자 자신이 가진 힘들을 아낌없이 써준다면 줄다리기에서 훨씬 유리할 텐데 왜 그러지 않는 건지 나도 모르겠다."

"……."

"강아 너는 알겠냐?"

6. 엄마도 5뉴턴의 힘을 쓰고 있는 거지?

알아, 엄마.

아빠가 나한테 무얼 묻고 있는지 알겠더라고.

결국 그거였어. 다섯 명이 줄을 당기면 25뉴턴이라는 힘이 줄에 실려야 하는데, 실제로 사람들은 그보다 한참 작은 힘을 낸다는 것. 5뉴턴의 힘을 낼 수 있음에도 더 작은 힘을 쓰는 사람들의 심리에 대해 아빠는 이야기하고 있는 거였어.

그래 엄마, 내가 이 정도도 모를까?

강아 너는 알겠냐? 아빠의 이 말을 정확하게 옮겨보면, 강아 너는 왜 5뉴턴의 힘을 내지 않느냐, 하는 거였어. 식구들 틈에 섞여서, 왜 줄을 잡아당기는 척만 하고 있느냐고 묻는 거였어. 그렇지? 내 말이 맞지, 엄마? 고모와 고모부, 아빠와 서아, 교아, 모두가 있는 힘을 다해서 달리는 데 왜 너는 가만히 줄만 잡고 있느냐고 꾸중을 하는 거였어.

엄마…….

엄마…….

엄마도 달리고 있는 거지? 엄마도 5뉴턴의 힘을 쓰고 있는 거지? 우리한테 오려고 말이야. 그 깊은 잠에서 깨어나려고 온 힘을 쓰고 있는 거지? 그렇지, 엄마?

7. 깊이 묻어 놓은 비밀

엄마, 내가 왔어.

여기 좀 봐. 내가 초아를 찾았어.

아빠가 깊이 묻어 놓은 비밀, 내 동생을 찾았어.

엄마, 나 좀 봐.

밤새 잠을 이룰 수 없었어. 강아 너는 왜 5뉴턴의 힘을 쓰지 않느냐는 아빠의 은근한 비난이 나를 괴롭혔어. 난 커다란 소용돌이에 빠진 것 같았어. 비누 거품 같은 하얀 포말이 둥둥 떠 있는 그곳에서 허우적댔어. 안간힘을 써서 빠져나오려 하면 할수록 소용돌이는 점점 더 세게 내 몸을 잡아당기는 거야. 태양의 엄청난 질량 때문에 휘어져 지나가는 빛처럼 소용돌이의 중력에 사로잡힌 나도 차츰… 차츰… 휘어지고 있는 것만 같았어. 뭉크의 [절규] 속에서 양 볼을 감싸고 비명을 지르는 남자처럼 온몸이 구붓이 뒤틀리는 것 같았어.

베란다로 문을 열고 나갔어. 4월의 차디찬 새벽 냉기에 목덜미가 써늘했어. 건너편 106동에 간간이 불을 켠 집들……. 포스트잇처럼 작고 네모난 창 안에서 희디흰 불빛이 새어 나오고 있었어. 나는 눈을 부릅떴어. 눈을 깜빡이면 고여 있던 눈물이 떼구루루 흐를까 봐.

나는 아파트 단지 아래 산책로를 따라 띄엄띄엄 서 있는 가로등을 노려보았어. 엄마, 기억해? 지난 2월에, 불과 두 달 전에, 우리는 전부 가로등 아래에 있었어. 우리 집 화단 앞, 빌라 주차장을 빙 둘러싸고 켜져 있던 그 가로등 아래에 말이야. 한밤에 갑자기 눈이 내리기 시작했지. 교아가 눈이 온다고 외치는 소리에 우리는 옷을 갈아입을 생각도 않고 잠옷 바람으로 달려 나갔어. 눈송이가 바람에 흩어지며 공중에서 춤을 췄어. 가로등 아래서 올려다본 눈송이는 장관이었지. 검푸른 바닷속을 헤엄치는 물고기 떼처럼 무리 지어 쏠렸다가 흩어졌어. 하얀 눈송이는 별빛 같기도 했어. 태양계 너머 어느 은하에서 찬란히 빛나고 있던 별 무리가 한순간에 우리 머리 위로 쏟아져 내리는 것 같기도 했어. 어쩌면 눈송이는 하얗고 작은 나비 떼 같기도 했어. 지구상의 어떤 학자에게도 발견된 적이 없는, 아주아주 작고 어여쁜 나비 떼가 일시에 춤을 추며 너울거리는 것 같기도 했어. 우리는 웃음소리를 높이 날리며 팔짝팔짝 뛰었어.

엄마… 우리가 놀던 그때를 생각하며 얼마를 그렇게 있었나 몰라. 한기가 등으로 스며들어 다리로 흘러내렸어. 온몸이 으슬으슬 떨리기 시작했어. 그런데도 내 가슴은 냉정해지지 못했어. 가슴 속에서는 여전히 뭔지 모를 것들이 부글부글 끓어올랐어. 가만가만 생각할수록 자꾸 미워졌어. 초아에 대해 꽁꽁 입을 다물어버린 어른들이 전부 미웠어. 어른들은, 숨겨놓은 비밀을 알아버린 내가 어떤 행동을 하기를 바랄까? 아니, 숨겨놓은 비밀을 내가 알아버렸다면 그 뒷수습은 어떻게 하려고 했을까? 아니, 아니, 내가 그 비밀을 알아버릴 수도 있다는 가능성은 생각지 못했을까? 미리 계산해 놓은 것이 정말 아무것도 없을까?

온갖 생각들이 나를 흔들어댔어. 내가 왜 초아 아픈 걸 숨겼냐고 묻는다면 어른들은 전부 이렇게 대답하겠지? 너희들이 놀랄까 봐 그랬다. 충격받을까 봐 그랬다. 엄마도 저렇게 되어 있는데 동생까지 아프다면 정말 너희들이 헤어나지 못할까 봐, 그래서 비밀로 했다. 맞지 엄마? 분명히 이렇게 대답하겠지?

그렇지만 엄마, 우리한테 이렇게 하면 안 되잖아? 우리가 걱정돼서 숨겼다는 게 진심이라 쳐도 그래도 이건 아니잖아? 난 이해할 수 없어. 용납할 수 없어!

그 순간!

내가 결심한 건 초아를 찾는 거였어. 내 손으로 찾아서 아빠나 고모가 그 어떤 변명도 못 하게 하고 싶었어.

"제 동생이에요! 제 동생이에요!"

초아를 껴안고 큰 소리로 외치는 모습을 떠올리며 가슴이 터질 것 같았어.

"우리가 가족이라면 초아 일을 숨겨 선 안 되죠!"

꼭 이렇게 소리치고 싶었어.

엄마, 나는 곰곰이 생각하기 시작했어. 심호흡을 하고, 차근차근, 하나하나, 짚어보자고, 자신을 달랬어. 초아를 어느 병원에다 뒀을까? 분명 큰 병원일 거야. 또 가까운 병원이어야 하고. 신생아 중환자실이 있고 아빠가 다녀오기 비교적 가까운 거리…….

설마?

엄마 나는 진저리를 쳤어. 바로 여기, 엄마가 있는 병원, 이 대학병원 말고는 답을 찾을 수가 없었던 거야.

설마!

날이 밝자 나는 여느 때 아침처럼 학교에 갔어. 담임을 찾아가서 몸이 몹시 아프다며 병원에 보내달라고 했어. 담임은 잠자코 나를 보더니 한참 만에 허락했어. 아마 머릿속이 복잡했을 거야. 어제 담임이 고모에게 낱낱이 전한 나의 화려한 행적들로 인해 내가 어른들께 꾸중을 많이 들었을 거라며 측은한 마음을 가졌는지도 몰라. 그렇게 학교를 빠져나온 나는 곧장 여기로 왔어. 엄마가 있는 이 병원에 초아를 숨겨놓은 게 맞는지 꼭 확인하고 싶었어.

3층에 있는 신생아 중환자실을 찾는 건 일도 아니었지. 하루에 딱 한 번 있는 오전 면회 시간이 곧 시작될 참이었어. 긴장감을 누르며 나는 면회 방법을 안내하고 있는 광고판을 읽었어.

엇!

감염을 막기 위해 신생아 중환자의 면회를 제한한다는 글씨를 찾았을 때 나는 불안해지기 시작했어. 예상치 못했던 거였어.

그 아래로, 면회신청자가 '보호자출입증'이나 '산모 팔찌'를 보여야 면회가 가능하다는 안내 문구를 확인했을 때에서는 절망적인 심정이었어. 교아가 태어났을 때 그때 우리는 온 식구가 유리창 밖에 나란히 서서 교아를 바라봤는데, 그 기억만 떠올리고 있던 나는 이러한 제약이 있을 거라곤 생각도 못 했던 거야. 다른 방법이 없을까? 정말 없을까? 복도를 서성이며 계속 머리를 굴렸지만 뾰족한 수가 없었어.

점점…… 화가 나기 시작했어. 가족이라는 것을 증명하는 것에 까다로운 절차를 거쳐야 하는 것인지, 내가 이 절차를 통과해야만 언니로 인정받을 수 있는 것인지, 어지러운 생각들이 머릿속을 긁어댔어. 나를 밀어버리려고, 오직 나를 쫓아버리려고 이런 규정을 만들었다 싶은 생각까지도 들었어.

그러다 점차…… 내가 할 수 있는 게 없다는 것에 생각이 미쳤어. 나 자신이 멍청하고 무능하고 아무것도 아닌 것처럼 느껴지기까지 하는 거야. 중환자실 앞 복도에 대기하고 있는 사람들은 목에 걸린 출입증을 내보이며 병실 안에 있는 아기의 가족임을 자랑스럽게 주장할 텐데 나만 그들을 물끄러미 바라보아야 한다는 것이 견딜 수가 없었어.

드디어 면회 시간이 시작되었어. 사람들은 중환자실 출입문 옆에 달린 벨을 눌렀어. 병실 안에서 아기 어머니의 이름을 요구하는 간호사의 목소리가 흘러나왔어. 사람들은 간단히, 또 당당히, 대답했어. 문을 열고 나온 간호사는 여성에게는 산모 팔찌를 보여 달라고 했어. 남자 면회객에게는 보호자출입증을 요구했고. 나는 초조했어. 시간은 자꾸 흘러갔어.

그렇지만 엄마! 질 수 없잖아? 여기까지 와서 질 수는 없잖아? 나는 무작정 벨을 눌렀어. 무엇을 도와드릴까요? 간호사의 목소리가 들렸어. 앞서 사람들이 했던 대로 '아기 면회 왔어요.'라고 또박또박 말했어. 성함이 어떻게 되세요? 간호사가 물었어. 나는 엄마 이름을 불렀어. 가슴이 쿵쾅쿵쾅. 마구마구 뛰기 시작했어. 간호사가 뭐라고 할까? 방금 불러준 성함을 가진 여성의 아기는 없어요, 라고 할까?

그때, 병실 문이 열렸어. 젊고 어여쁜 간호사 선생님이 부드럽게 웃어 보였어.

"안녕하세요? 보호자출입증 보여주세요."

순간! 초아가 틀림없이 이곳에 있다는 것을 알 수 있었어. 엄마의 이름이 적힌 종이 이름표를 손목에 차고 있는 초아가 유리문 저 너머에 있다는 것을 확신했어.

"오늘 아빠가 바쁘셔서 제가 동생을 보러 왔어요."

선생님은 미소를 띤 채로 고개를 갸우뚱했어.

"죄송하지만, 출입증 없이는 면회할 수 없어요."

"선생님, 아빠가 보호자출입증을 주셨는데 그만 깜빡하고 두고 왔어요."

생각해 둔 적도 없던 거짓말이 치밀하게 준비나 한 것처럼 튀어나왔어.

"선생님, 잠깐만 제 동생 보고 가면 안 될까요?"

"죄송하지만, 출입증 없이는 안 돼요."

엄마, 나는 물러서지 않았어. 엄마 이름을 외치듯 말하며 큰딸이라고 강조했어.

"선생님, 제가 우리 엄마 딸 맞아요. 보호자출입증이 없어도 제가 진짜 딸 맞아요. 제 동생도 맞고요. 잠깐만 보게 해 주세요."

그때, 왜 이렇게 소란스러우냐고 딱딱한 어조로 묻는 목소리가 있었어.

젊고 어여쁜 선생님이 뒤로 물러섰어.

"아주 큰 언니가 있었네?"

엄마와 비슷한 나이로 보이는 선생님이 한 분 서 있었어. 엄마를 알고 있다는 듯한 태도였어. 건조한 목소리와는 달리 방그레 웃으시더라고.

순간, 기대감이 확 치솟았어. 내가 엄마의 딸임을 분명히 알고 있다는 듯한 미소를 짓는 이분이 친절을 베풀어 주실지도 모른다는 생각이 드는 거야.

"안녕하세요? 제가 큰딸이에요. 동생 좀 보려고요."

"이건 규정이라서 안으로 들일 수가 없어요."

"……."

"병원 규칙이니까 어길 수 없어요. 어떤 경우에도 예외를 둘 수 없어요. 내 말 이해하지요?"

엄마, 정말 규칙은 어떤 경우에도 어길 수 없는 것일까? 예외를 둘 수 없는 절대적인 것일까?

"미안하지만, 돌아가세요."

친절한 미소에 배반하는 딱따그르르 한 목소리.

나는 철옹성 앞에서 고개를 떨어뜨렸어.

엄마, 이 사진 좀 봐.

우리 초아 사진이야.

피부가 정말 깨끗해.

엄마, 눈 좀 떠서 이 사진 좀 봐. 우리 초아 머리카락이 얼마나 길다고. 아빠 핸드폰에 있던 사진에는 하얀 붕대로 돌

돌 감겨 있었는데, 그 붕대 아래서 이렇게나 긴 머리카락이 자라고 있었네? 한 달 사이에 이렇게 머리카락이 길었다는 건 우리 초아가 건강하다는 뜻일 거야. 그치?

엄마, 이것 좀 봐, 살도 통통하게 올랐어. 간호사 선생님이 아주 건강하게 태어났대. 키도 크고 몸무게도 좋은 편이래.

엄마, 이 사진 좀 보래도. 우리 초아 오른쪽 다리에 글쎄 옅은 색깔의 점도 있어. 눈을 뜨면 쌍꺼풀이 있는지 볼 텐데, 이 잠꾸러기가 눈을 꼭 감고 있잖아. 엄마처럼 쌍꺼풀이 있으면 정말 예쁠 텐데, 나처럼 이렇게 눈두덩이가 매끈하면 안 되는데, 그치? 엄마, 눈 좀 떠봐. 내가 초아를 찾았다니까. 참 잘했다고, 한마디만 해주면 안 돼? 엄마, 눈 좀 떠봐.

엄마, 오전 내내 나는 중환자실 앞을 떠나지 못하고 있었어. 맥을 놓고 앉아 있었어. 무엇을 어떻게 해야 할지 정말 몰랐거든. 아무런 생각을 할 수 없었어. 베어서 내던져 놓은 풀더미처럼 풀 죽은 채 있을 뿐이었어. 그런데 아까 그 선생님이 나왔어. 철옹성 같으신 분이. 핸드폰을 달라고 하시더라고.

"……?"

검지를 입술에 놓으시더니 쉿,

"핸드폰 줘 봐요."

핸드폰을 가지고 사라진 선생님은 얼마 후에 돌아오셨어.

"중환자실 안에서 동영상 촬영은 금하고 있어요. 알고 있지요?"

선생님은 팔을 길게 뻗어서 면회 안내문을 가리켰어. 나는 고개를 끄덕끄덕 세차게 끄덕였어. 그럼요, 그럼요, 신생아 중환자실 안에서 동영상 촬영은 금지라고 빨간 글씨로 쓰여 있는걸요. 아까 본 걸요. 나는 입술을 앙다물고 연신 고개를 끄덕였어. 허리를 깊이 숙여 거듭거듭 인사를 했어. 선생님은 초아에 대한 몇 마디와 부드러운 미소를 남기고 되돌아가셨어.

엄마, 어떤 경우에라도 규칙은 지켜야 하는 거야. 예외를 둘 수는 없는 거지. 하지만 엄마, 어떤 친절은 원칙을 지키면서도 동생이 보고 싶은 언니의 간절함을 들어줄 수도 있더라고.

8. 흔들리지 않고 피는 꽃이 어디 있으랴

“아이구, 깜짝이야!”

“…….”

“강아 너 왜 안 자고 여기 있니?”

“기다렸어.”

“기다렸어? 나를?”

“…….”

“하하, 아파트 앞에서 주머니 손 넣고 구부정하게 서 있으니까, 영락없이 돌하르방 같다야.”

“…….”

“오, 미안 미안, 여동생한테 하르방은 좀 짓궂다. 할망 같다, 돌할망. 하하!”

“오빠…….”

“방금 이건 기가 막힌 재담이었는데, 강아 눈썹 하나 까딱 않는 걸 보면 아무래도 내가 연구에 힘을 더 써야겠는걸?”

“나 초아 봤어.”

“응?”

“우리 막내, 우리 초아 봤다고.”

"……."

"놀랐지? 놀랐을 거야."

"……."

"오빠도 한통속이지?"

"……."

"우리가 충격받을까 봐 숨겼다는 거짓말은 안 했으면 좋겠어."

"……."

"세상에 비밀은 없는 거라고 언젠가 오빠가 얘기했던 것 같은데? 부정한 사람들이 진실을 감추고, 감추고, 또 감추려고 해도 언젠가는 밝혀지게 된다고. 인류의 역사가 그걸 증명한다고."

"……."

"오빠가 아니었어? 오빠가 아니면 아빠가 했겠지. 진실을 덮으려고 하면 안 돼. 숨기는 자의 간악함은 그 불안과 초조함으로 이미 실패했고, 밝히려는 자는 그 정당함과 의지로 이미 성공했다."

"……."

"준비된 게 있지? 오빠랑 아빠랑 고모, 고모부가 짜놓은 대비책이 있을 거 아냐? 우리가 초아에 대해서 알게 되면 그 땐 어떻게 하려고 했어? 어떤 말로 감추고 달래려고 했던 거야?"

"……."

"설마 그런 것도 준비 안 했어?"

"……."

"그런 것도 없으면서 우리한텐 이렇게 무서운 거짓말을 한 거야?"

"……."

"도대체 초아 얘길 어떻게 숨길 수가 있어?"

"……."

"내가 어떻게 알았는지 그게 궁금해?"

"……."

"얘가 어떻게 알아낸 거야? 그게 당황스럽지?"

"숨기는 자의 간악함은 필연적으로 예정된 패배이지. 이런 순간이 올지도 모른다고 생각은 했어."

"내가 알아차리기를 기다렸다는 거야?"

"……."

"난 정말로 이해가 안 돼……. 내가 얼마나 화가 나고 슬픈지 알아?"

"우린 용기가 없었다."

"변명 같지도 않아!"

"도종환 시인이 그랬단다."

"시인 얘기 같은 건 듣고 싶지 않아!"

"흔들리지 않고 피는 꽃이 어디 있으랴."

"……."

"이 세상 그 어떤 아름다운 꽃들도 다 흔들리며 피었나니……."

"듣기 싫다니까."

"흔들리며 핀다는 그 말이 무슨 위로가 되겠냐. 너 나 할 것 없이 모두 다 흔들리면서, 모두 다 위태로움 속에서 살아간다는 그 말에 어떤 일말의 위안을 받겠느냔 말이다."

"……."

"그런데도 나는 여러 수백 번 이 시를 읊었다. 너희 얼굴을 볼 때마다 이 시를 되뇌었어. 흔들리고 있는 너희들이 곧은 줄기를 세우기를 바라면서 말이야."

"……."

"네 아빠도 마찬가지일 거야. 이 세상 모두가 바람과 비에

젖으며 살아간다는 것을 매일, 매 순간, 뇌고 있을 거야."

"……."

"왜냐고? 한낱 시구 따위를 왜 중얼거리고 있냐고?"

"……."

"버티기 위해서지."

"……."

"네 아빠가 어떻게 버티고 있는지 봐라, 강아야. 중환자실 앞에 있는 그 간이 의자에서 매일 밤 쪽잠을 자. 침대에 눕는 것마저도 죄가 되어서……. 네 아빠가 엄마 곁을 지키는 것은 단지 네 엄마만을 지키기 위한 것이 아니야. 휑한 병원 복도에서 밭은기침을 해대면서 팔다리에 내린 쥐를 쓸어내리며 자신을 고통 속에 두는 것은 아빠 자신을 일으켜 세우는 것이고, 강아나 서아, 교아, 초아까지, 모든 자식을 지켜내기 위해서야."

"……."

"더는 젖지 않으려고 말이다."

"……."

"서아와 교아한테 초아 얘길 했니?"

"……."

"그래, 못했을 거야."

"……."

"강아는 그런 아이니까. 가슴이 찢어질 듯 아파도 동생들한테 말하지 못했을 거야."

"……."

"아빠는… 아니 우리는, 겁이 났다. 차마 말할 수가 없었어."

"……."

"우리는 흔들리는 정도가 아니었잖아? 거칠고 세차게 흔들리는 정도가 아니라 우리가 맞은 것은 송두리째 뽑혀 나갈 것 같은 폭풍우였지."

"……."

"강아야, 날 쳐다봐."

"……."

"네 엄마 의식이 돌아오지 않을 때, 우리는 울었어. 이렇게 보낼 수 없다고. 고개 들어봐. 그런데 네 동생들은… 네 동생들은 말문을 닫았다. 네 아빠는 아내뿐 아니라 자식들 전부를 잃을 수도 있다는 고통 속에서 몸을 떨었어."

"……."

"우리는, 두려웠다."

"……."

"너희들이 뿌리째 뽑힐까 봐… 네 아빠가 무너질까 봐."

"……."

"지금도 무서워. 우리를 흔들고 있는 폭풍우가 조금도 세력을 줄이지 않고 있으니까."

"……."

"하지만, 강아야, 고맙다."

"……."

"진심으로 고마워."

"……."

"너희가 이렇게 견뎌 주어서."

9. 서아와 교아

엄마, 고모는 오늘 녹초가 되셨대. 3학년 교실에서 서아 담임 선생님 만나고, 그다음에는 상담실로 가서 교아 담임 선생님 만났대. 교아 담임 선생님은 상담부장 선생님이잖아. 그래서 상담실이 좋겠다고 거기서 만나자고 하셨대. 고모가 그러는데 학원에서 하루 10시간 수업을 하는 것은 식은 죽 먹기로 거뜬히 할 수 있겠는데, 다른 사람 이야기를 듣는 일은 너무 힘들대. 상대방 이야기에 집중하고 응대하는 일이 날이 갈수록 어려워진대. 고모는 온종일, 일 년 열두 달, 15년을, 학원에서만 있다 보니 사회성이 떨어져서 그런 거래. 학생들한테 일방적으로 말을 건네다가, 상대방 말을 들으면서 정보를 정리하고 질문을 하고 또 적절한 대응을 하는 일이 대단히 어렵고 피곤하대. 머리가 깨질 것 같은 두통이 왔대. 나는 친구들하고 온종일 떠들어도 재밌기만 한데 고모는 그런 재미를 모르시나 봐.

엄마, 엄마도 궁금했지? 고모가 동생들 담임 만난다니까 우리 애들이 학교생활을 어떻게 하고 있나, 정말 정말 궁금했지? 나처럼 선생님들 눈 밖에 난 건 아닌가, 걱정도 했을 테고. 그렇지?

엄마 마음이 아플까 봐 사실은 이 말을 해야 하나 어쩌나 내가 고민이 많았어. 그런데 아무래도 하는 게 맞겠지? 엄마한테 숨길 순 없잖아…….

이제 시작할게. 엄마, 서아는 계속 책만 읽고 있대. 아무하고도 말을 안 한대. 혼자 밥 먹고, 혼자 화장실 가고, 혼자 앉아있대. 아, 이 말을 들으니까 짜증이 확 났어. 못된 것들! 진짜 진짜 못된 것들! 이건 서아가 아니라 그 반 애들한테 하는 말이야. 담임 선생님은 서아가 사회성이 없어서 큰일이라고 했대. 선생님이 잘 챙겨준다고 하지만 서아 자체가 마음을 닫고 있어서 아무리 친구들과 잘 지내게 하려고 해도 융화가 안 된대. 고모가 물었대. 서아가 친구들에게 마음을 안 여는 데는 어떤 이유가 있을까요? 라고 말이야. 선생님은 잠깐 주저하시더니 서아 몸에 있는 아토피 얘길 하시더래. 친구들이 징그럽고 흉하다고 말을 했대. 어떤 애는 뱀 껍질 같다고도 했고, 어떤 애는 소나무껍질 같다고도 했대. 그때 서아 맘이 어땠을까……. 일주일마다 짝지를 바꾸는데 서로 옆에 앉기 싫다고 해서 결국 서아 때문에 모든 아이가 책상을 다 떼어서 앉는대. 그게 서아한테 상처를 주지 않는 최선의 방법이라고 생각해서 그렇게 하고 있대. "그렇게 앉은 후로 서아가 좀 안정되어 보이던가요?"라고 고모가 물었을 땐, "일단 교실에서는 분란이 더 이상 생기지 않았으니까 서아한테도 좋겠지요."라고 대답을 했대. "전에 전화상으로 말씀을 드렸습니다만, 서아 엄마가 아파요. 지난 한 달 동안 우리 서아한테 큰 변화가 없는지 그게 알고 싶어서 왔어요. 아픈 엄마 때문에 혹시 서아가 더 나빠졌을까 그게 걱정입니다"라고 고모가 또 물었는데, 3월에 서아 만난 이후로 지금까지 변화된 모습은 없다고 대답했대.

하긴! 우리 김서아가 그렇지, 한결같잖아! 정체성이 아주 분명하다니까! 그러니까 엄마, 우리 서아 걱정할 것 하나 없어. 피부 때문에 상처받은 건 어제오늘의 일도 아니잖아. 남들보다 쬐끔 더 심각하지만, 까짓것 그런 병은 서아가 이겨낼 거야. 엄마도 전에 그렇게 말했었잖아. 그치?

그런데 말이야 엄마, 고모는 "일단 교실에서는 분란이 더 이상 생기지 않았으니까 서아한테도 좋겠지요."라고 한 선생님 말씀에 화가 단단히 나셨어. 뭐, 분란? 애를 무슨 민원인 처리하듯이 하고! 그걸 교육이라고! 애가 목석도 아니고, 깎아놓은 돌상처럼 가만히 앉혀만 두면 된다는 거야, 뭐야? 선생이, 그것도, 젊디젊은 선생이, 교실만 조용하면 만사 오케이라는 그런 막돼먹은 생각을 어디서 배워 처먹었는지!

엄마, 고모 입에서 '처먹었다'는 단어가 나왔다는 건 화가 무지무지 났다는 거 맞지? 16년 동안 내가 고모한테서 가장 많이 들은 건 단연, '교양'이라는 말이야. 매일 교양을 강조하시는 분이 이런 말을 하다니!

그런데 엄마 난 사실 고모 생각을 잘 모르겠어. 교실이 조용하면 서아한테도 좋은 거 아닌가? 같은 반 애들이 놀리지도 않고 건드리지도 않으면 서아도 스트레스 안 받을 테고, 그렇지 않아 엄마? 내가 잘못 생각한 거야?

아이, 모르겠어. 어쨌든, 이번엔 교아 얘길 해줄게. 교아 담임 선생님은 상담부장 선생님답게 전문적인 용어를 많이 사용해서 교아 학교생활을 설명해 주셨대. 아주 상세하게. 내용을 대강 간추려보면, 교아는 모범적이래. 또롱또롱 눈을 굴리며 열심히 공부한대. 하긴 나도 1학년 땐 공부가 재미있었어. 중3 공부처럼 어렵지도 않고 지겹지도 않았지. 교아는 숙제도 다 잘해 온대. 아휴, 초1 숙제가 어딨어? 글자 몇 개 써 가는 게 다지. 그런데 어떤 날부터는 시키지도 않은 일을 하고 있대. 선생님 책상을 정리한다든가 학급문고에 있는 책을 일렬로 쫙- 정리한다든가 하는. 말썽 한 번 안 피우고 다툼 한번 없는 그야말로 최고의 학생이래. 하지만, 여기서 반전! 우리 교아한테도 흠이 있다는 거야. 그것도 엄청 염려스러운. 그것은, 역시 말을 하지 않는 거래. 선생님이 고모한테 물었대. 교아가 집에서는 이야기를 잘하는가요? 집에서 반복적으로 하는 일은 어떤 거지요? 등등. 고모는 교아가 거의 말을 하지 않는다고 대답했고, 교아가 집에 오고부터는 고모가 한 번도 빨래를 갠 적이 없다고 대답했대.

이게 무슨 말이냐면 엄마, 교아는 저녁에 밥 먹고 나면 항상 빨래를 걷어 와서 개거든. 우리가 대식구가 되다 보니 빨래가 많잖아? 고모가 매일 빨래를 돌려. 흰 빨래, 검은 빨래, 수건 빨래, 이불 빨래……. 그러면 교아가 매일 그 빨래를 개. 고모하고 고모부가 안 개도 되니까 하지 말라고 하는데도 애는 몰래 살짝 그걸 또 해. 어떤 날은 빨래를 개고 있는 애가 로봇은 아닌가 생각이 들어서 내가 손을 만져 본 날도 있었어. 근데 엄마, 웃긴 건, 애가 얼마나 일을 잘하나 몰라. 옷을 반듯하게 만져서 착착 개는데, 우리가 매장에 옷 사러 가면 예쁘게 진열되어 있는 옷처럼 그렇게 개어 놓는 거야. 식구들이 전부 감탄했어. 재밌지, 엄마? 우리 교아 진짜 대단하지?

그런데 교아 선생님은 이걸 대단히 걱정스럽게 생각해. 뭐라더라…? 단어가 생각나지 않는데, 아무튼 교아가 모범생처럼 행동하고 나이에 어울리지 않는 일을 척척 하는 게 정서적으로 불안해서 그런 거래. 엄마와 떨어져 있는 불안심리가 교아를 그렇게 만든 거래. 듣고 보니 선생님 말씀이 맞는 것 같기도 해. 교아가 원래부터 말없이 조용한 아이가 아니었잖아. 늘 쪼르르 달려가고 쪼르르 달려오는 그런 아이였는데…….

어쨌거나 어른들은 모두 심각해지셨어. 서아는 심각한 사회성 결핍, 교아는 분리불안장애를 가진 아이가 됐으니. 서아는 작년에도 재작년에도 비슷한 일이 있어서 별로 놀라시지 않을 거로 생각했는데, 어른들은 서아 치료 방법을 바꿔보자고 의논하시는 것 같아. 지금까지 여러 군데서 치료를 받았잖아. 그래도 별반 다를 게 없으니까 낙심이 크신가봐. 그렇다고 포기할 순 없으니까 다른 명의를 찾아가 보자고 하시는 것 같아. 병원이 결정되면 내가 다시 알려 줄게.

엄마, 너무 걱정 마. 알겠지? 안녕, 엄마 사랑해♥

10. 엄마한테 가는 날

엄마, 아빠가 이번 주말에 엄마한테 가자고 하셨어. 그땐 내가 꼭 머리를 묶고 갈게. 엄마는 내가 머리 묶는 게 예쁘다고 했는데… 지난번에는 그만 깜빡 잊었지 뭐야. 중환자실 입구에서 소독할 때 아차 싶었어. 그 순간 내가 꼭 청개구리가 된 것 같으면서 스스로가 얼마나 미웠는지 몰라. 엄마가 이리로 가라 하면 저리로 가고, 요것 하자 하면 저것을 하던 청개구리 말이야. 머리를 올려 묶으면 훨씬 생기 있고 활동적으로 보인다고 하던 엄마 말을 이제야 따르려는 걸 보면 난 청개구리가 틀림없어. 그렇지만 엄마, 그땐 말이야, 엄마가 머리를 묶으라는 게 싫었어. 친구들은 모두 머리를 전지현처럼 찰랑찰랑 늘어뜨리고 다니는데 나 혼자만 그러기 싫었다고. 방바닥에 내 긴 머리카락이 떨어지는 걸 엄마가 싫어한다는 것도 알고 있었지만 나도 친구들처럼 긴 머리칼을 나풀거리고 싶었어……. 에잇, 엄마 이런 얘기 말고 내가 다른 얘기 해 줄게. 아, 맞다. 그게 있었지!

서아가 쓴 시를 보여줄게. 엄마한테 간다니까 기분이 엄청 좋았던 모양이야. 종이를 한 장 들고 와서 언니 이거 어때? 자랑을 하잖아. 제목은 [엄마한테 가는 날]이야.

엄마하고 논다면 신이 난다네
엄마와 동생들과 걸으면
꽃길을 걷는다네

엄마한테 가는 날
어떻게 되어 있는지 가슴이
두근두근, 콩딱콩딱, 조마조마

엄마 보네 엄마 표정
나는 웃네
신이 난다네

서아한테 뭐라고 해줬냐고?

엄마가 하던 대로 칭찬을 엄청 해줬지! 잘했다고, 참 잘했다고.

내일은 코팅해서 방에 붙여놓은 생각이야. 좋은 생각이라고? 하하, 엄마도 좋아할 줄 알았어. 내가 책갈피에 곱게 끼워놨다가 내일 꼭 그렇게 할게. 안녕, 엄마~~

참, 그리고 엄마…….

내가 초아한테 갔다 온 걸 아직 동생들한테 말하지 못했어. 말을 할 수 없었어…….

아빠처럼 비겁하게 숨기지 않겠다고 주먹을 떨었지만… 입이 떨어지지 않아. 그렇지만 초아 일을 몰랐던 때처럼 그냥 놔둘 수는 없어. 동생들이 초아를 모른 채 이렇게 지내게 할 순 없단 말이야.

아이참, 엄마, 어쩌면 좋지?

어떻게 해야 하지?

정말로 난, 바보인가 봐. 진짜 바보인가 봐.

11. 선행과 악행 사이

드디어 알았어, 엄마, 드디어 알게 됐다고! 지난번에 고모부가 자전거를 훔쳤다고 했잖아. 아니, 아니, 이렇게 말을 하면 안 되지. 경찰들이 고모부한테 도난 신고가 접수된 자전거를 어떻게 했냐고 물으러 왔었잖아. 오늘 마침내 그 사건의 진상을 알게 된 거야. 자 들어봐.

그 사건은 경찰들이 고모부를 찾아오기 15일 전에 시작됐어. 그날 저녁 무렵에 고모부가 사거리 편의점 앞에서 지인을 만났대. 물건을 전해 받을 게 있어서 기다리고 있는데, 거기서 한 무리의 사람들을 만난 거야. 그 사람들은 자전거 동호회 사람들이었고, 장거리 라이딩을 끝내고 돌아오면서 편의점에서 간단히 캔맥주나 한 잔씩 하고 마치자고 자전거를 세우던 중이었대. 그 자전거 동호회 사람 중 몇 사람이 고모부와 안면이 있는 사람들이어서 어디로 라이딩을 갔다 왔느냐는 인사도 나눴대. 동호회 사람들은 편의점 앞 간이의자에 무리 지어 앉아 정담을 나누었고, 그 사이 고모부 지인이 도착해서 고모부는 편의점 위층에 있는 카페로 올라갔대. 고모부가 두어 시간쯤 뒤 카페에서 내려오니까 날은 깜깜하고 편의점 앞에는 아무도 없는데, 글쎄 아까 그 자리에 자전거 한 대가 서 있더라는 거야. 자전거 동호회 사람들이 우르르 앉아있던 그 자리에 말이야. 고모부가 이상하다 생각하고 한참을 기다렸대. 이 비싼 자전거를 놔두고 어디를 갔을까? 하고 말이야. 엄마, 내가 고모부 말씀 들으면서 처음 알았는데 라이딩 전문 자전거가 엄청 비싸대. 그러니까 고모부가 그냥 지나치지 못하겠더래. 사거리에 CCTV가 한 대, 두 대, 세 대, 네 대나 있었지만, 그래도 이 비싼 자전거를 누군가가 가져가면 얼마나 찾기가 어렵겠어? 고모부는 동호회 사람들이 캔맥주를 간단히 하고 일어서자 해놓고는 누군가가 술을 많이 먹어서 그만 자전거를 두고 갔나보다고 생각했대. 그래서 그 자전거를 가지고 집으로 돌아오신 거야.

고모부는 그 자전거를 옥상 앞 계단까지 들고 올라가서, 아무도 못 보게 아무도 못 찾게 고이고이 숨겨놓았대. 밤새 누군가가 그 비싼 걸 들고 가면 안 되니까 꼭꼭 숨긴 거야. 그리고 다음 날 아침에 후배가 하는 자전거 판매점 앞으로 자전거를 가지고 갔어. 자전거 판매점이 갑자기 왜 나오느냐고? 그 자전거 판매점 사장님이 고가의 자전거를 파는데,

라이딩 동호회가 그곳을 중심으로 조직됐다는 거야. 그러니 동호회 회원들 활동이야 그 사장님이 제일 잘 알지 않겠어? 고모부가 갔을 땐 판매점 사장님이 아직 가게 문을 안 열었더래. 고모부는 판매점 앞에 있는 거치대에 자전거를 걸어놓고, 만약을 대비해서 준비해 간 자물쇠까지 채워놓고, 후배가 되는 그 사장님한테 전화한 거야. 어제저녁에 어디 어디 라이딩 갔다 오는 동호회 회원들을 만났는데, 그 사람 중 하나가 자전거를 놓고 갔더라. 자전거는 지금 거치대에 걸어놨고, 비번은 몇 번이다, 빨리 전화 돌려서 자전거 찾아가라고 해라. 이렇게 말이지. 그 후에 고모부는 그 일을 깨끗이 잊었대. 자전거 판매점 사장님 전화도 없어서, 주인이 자전거 찾아갔겠거니 하고 믿었던 거지.

그런데, 그날!

경찰들이 들이닥친 거야. 하하, 엄마, 내가 경찰들이 들이닥쳤다고 하니까 영화에서처럼 아주 긴박한 상황이 연출된 것처럼 느껴져. 그치? 고모부께는 황당한 일이지만. 어쨌든 경찰 아저씨들은 CCTV 확인하느라 진땀을 빼셨대. 자, 내가 계속해서 얘기해 줄게. 여기서부터 주인공은 경찰 아저씨들이 되어야겠어.

경찰 아저씨들은 자전거를 잃어버렸다는 사건을 접수했어. 사거리 CCTV를 모두 돌려봤대. 그리고 어떤 뚱뚱한 남자 하나가 자전거 앞에서 한참을 서성이는 것을 본 거야. 남자는 자전거를 이리 살펴보고 저리 살펴보고, 다시 이쪽 길 저쪽 길 사방을 휘휘 둘러보며 한동안 더 그러고 있다가 마침내 결심한 듯 자전거를 들고 달아나는 거야. 길이 꺾이는 곳에서 모습이 사라졌지만, 또 다른 CCTV가 그 남자의 모습을 찾아냈어. 최종적으로 남자의 모습이 사라진 곳은 바로 아파트 단지. 경찰들은 아파트 부녀회장을 수소문했어. 그리고 아파트 내에 있는 모든 CCTV를 다시 확인하기 시작했어. 아니나 다를까 도로변 CCTV에서 자취를 감춘 남자는 아파트 내 여러 대의 CCTV에서 목격되었어. 자전거를 엘리베이터에 싣는 모습, 층수 버튼을 누르는 모습, 그리고 자전거를 내리는 모습까지 완벽하게 잡아낸 거지. 부녀회장은 그 남자가 몇 호에 사는 누구라고 구체적인 정보를 알려줬어. 그리고 마침내 경찰들은 남자가 퇴근해서 집에 있을 시간까지 기다렸다가 급습한 거였어.

그런데!

그런데, 그것이 보름이 지난 시점이었던 거야. 고모부는 황당했어. 보름 전에 주인 찾아주라고 갖다준 자전거는 있어도, '도난'이라는 단어를 들을만한 행동은 한 적이 없는데 이게 어떻게 된 일인가? 그때의 그 자전거는 분명히 주인이 찾았을 거라고만 여겼지, 다른 변수가 있을 거라고는 생각지도 못하셨대. 고모부와 경찰 아저씨들은 그날 밤으로 자전거 판매점 사장님에게 연락했고, 판매점 앞 거치대에 걸려있는 문제의 그 자전거를 확인한 거야.

자전거는 왜 판매점 앞 거치대에 있었을까? 맞아, 문제는 그것이었어. 자전거 판매점 사장님, 즉 고모부의 후배는 어느 날 아침 이른 시간에 선배로부터 전화를 받았어. 바로 우리 고모부 말이야. 그런데 그 전화 내용이 선뜻 이해하기 어려웠대. 라이딩하러 갔던 회원 하나가 자전거를 편의점 앞에 세워놓고 갔다니? 정말 있을 수 없는 일인데? 의아해하면서 출근을 서둘렀어. 한편으로는 전화를 계속 돌리면서 말이야. 한 사람, 두 사람, 세 사람, 네 사람……. 그런데 아무도 자전거를 잃어버린 사람이 없더라는 거야. 마침내 가게 앞에 도착했을 때 사장님은 일반용 자전거 하나가 매어져 있는 것을 본 거야. 이건 우리 회원들 물건이 아니네? 선배가 뭘 잘못 알고 가져다 놓은 거구나! 그렇게 생각하고 사장님은 일을 시작했대. 문제가 생긴 손님들의 자전거를 수리하고 어쩌고 하느라 '나중에 선배한테 전화해야겠다.'라고 생각했던 게 하루가 지나고 이틀이 지나고 그러는 사이 '그 자전거'가 '거기' 걸려있다는 사실조차 잊어버리고 말았대.

고모부를 자전거 절도범으로 오해한 사건의 전말은 바로 이렇게 된 거였어. 그런데 엄마, 고모부는 다음 주에 경찰서로 가셔야 한대. 영화에서 보면 피의자들이 컴퓨터가 있는 책상 앞에서 진술서 같은 것을 적잖아. 그런 것을 해야 하는 모양이야. 자전거 판매점 사장님도 마찬가지고. 고모부는 고모부대로 자전거 사장님한테 미안해하고, 자전거 사장님도 회원들 자전거가 아니더라는 전화만 해줬어도 일이 이렇게 커지지 않았을 텐데 죄송하다고 인사를 했대.

우리는 처음에 이 이야기를 듣고 막 웃었어. 특히 고모부가 '그 자전거'를 동호회 회원의 자전거라고 생각하고 아파트 옥상 앞 계단까지 들고 올라가서 꽁꽁 숨겨놓는 장면을 연출할 때는 깔깔깔깔 배를 잡았어. 우리 고모부가 입담이 좋으시잖아. 기억하지 엄마? 그리고 자전거가 판매점 거치대에 그대로 있었기 때문에 다행히 절도범이 되지 않았지,

만일 그 자전거가 거기 없었다면 꼼짝없이 자전거 절도범이 되었을 거라는 고모부 말씀을 들을 땐 천만다행이라고 좋아라 했어.

그런데 아직 일이 끝난 게 아니래. 고모부는 절도범이 될 가능성이 아직 남았대. 자전거 사장님도 마찬가지고. 왜요? 내가 물었어. 자전거를 찾았는데 왜 절도범이 돼요? 그것도 좋은 일을 하려다가 실수로 가져온 거지 훔칠 마음이 있었던 것도 아닌데 왜요? 라고 말이야.

문제는, 훔칠 마음이 있었냐 없었냐가 아니래. 자전거를 가져온 것, 오직 그것이 중요하대. 어쨌거나 주인은 편의점 앞에 세워두었던 자전거를 잃어버렸고, 그 자전거가 하필이면 자전거 판매점 앞에서 발견됐으니, 누군가는 이렇게 생각할 수도 있다는 거야. 고모부가 자전거를 훔치고 그것을 자전거 판매점에 장물로 팔아넘기면, 자전거 판매점 사장은 기회를 봐서 그 자전거를 헐값에 판매한다, 이렇게 말이야.

아! 엄마, 뭐가 이렇게 복잡한 거야? 고모부가 애초에 나쁜 마음으로 훔친 것이 아닌데 왜 그런 오해를 받지? 선한 마음으로 시작한 일이니까 그냥 믿어주면 안 되는 거야? 선한 의도가 반드시 선한 결과로 이어지는 것이 아니라는 걸 도덕 시간에 배우긴 했지만, 그래도 이건 억울하잖아. 만약 고모부가 절도범으로 벌을 받게 된다면, 난 정말 어떤 일을 시작하는 것이 두려울 것 같아. 내가 좋은 마음으로 시작한 일이 나쁜 결과를 초래할지도 모른다는 걱정이 들면 어떻게 그 일을 할 수 있겠어? 그치, 엄마?

고모부 말씀을 듣던 고모도 걱정이 되셨는지 수사과장으로 있는 아무개 씨를 내일이라도 만나보면 어떻겠냐고 하셨어. 고모와 고모부는 수사과장님과 잘 알고 지내는 사이인가 봐. 하긴 고모부는 발이 넓으시니까. 이 지역 사람들 절반은 다 알고 계실걸? 고모부가 고모를 보면서, 뭐하게? 하고 물으니까 고모는 사건의 자초지종을 설명해서 혹시라도 발생할지 모르는 어처구니없는 사태를 미연에 막아야 한다고 하셨어. 한 마디로 수사과장님의 부하직원들이 고모부를 자전거 도둑으로 오해해서 조서를 작성하지 않도록 손을 써야 한다고 말이야. 그런데 고모부는 그렇게 하지 않으시겠대. 알 만한 사람들은 벌써 알고 있다, 망신살 뻗친 지 오래됐다, 수사과장 아무개까지 만나 변명 비슷한 말까지 하고 싶지는 않다. 고모부가 이렇게 말씀하시니까 고모는,

행여나 일이 커지면 안 된다, 그게 가장 중요하다, 다시 주장을 세우셨어.

하지만 고모부의 마지막 한 마디, 그 한마디로 상황은 종료됐어. 고모도 알겠다고, 당신 뜻대로 하시라고 하셨거든. 그 마지막 말씀이 뭐였냐면, '쪽 팔린다.'였어.

"쪽 팔린다."

엄마, 평소 나는 이 말이 되게 교양 없고 상스럽게 들렸거든. 그런데 고모부가 하시는 이 말씀은 어쩐지 격이 달랐어. 더 이상 자존심 상하고 싶지 않다, 이런 의미를 담고 있는 것처럼 들렸어. 그리고 또… 나는 타협하고 싶지 않다, 아니 이것보다는 나는 뒷거래 같은 건 하고 싶지 않다. 아 참, 이건 뒷거래가 아니지, 그러니까 뒷거래처럼 정당하지 않은 일은 하고 싶지 않다, 이렇게 들리는 거야. 큰 종소리가 덩~, 하고 울리듯이 아주 선명하고 분명하게 전해졌어.

고모부는 담당 경찰한테 그날 있었던 일들을 있는 그대로 말할 거래. 사실 그대로를 사실대로 말하고, 그 뒤 벌어지는 일들은 그때 가서 보자고 하셨어. 고모부가 말씀하시는 진실이 진실로 받아들여졌으면 정말 좋겠어, 엄마.

OFFICE

12. 딜레마

엄마, 우리가 아침밥을 먹으면서 오빠한테 어젯밤에 있었던 일들을 얘기했거든. 자전거 사건이 잘 해결되었다고 말이야. 그런데 오빠는 여기에 대해 전혀 모르고 있더라고. 고모가 아무 말씀 안 하셨던가 봐. 그래서 내가 고급 정보를 아는 자의 우월함으로 조금 떠들었지.

잠자코 듣고 있던 오빠가 이렇게 물었어.

"너한테 이런 일이 생긴다면 강아 너는 어떻게 하겠냐?"

"자전거 말이야?"

"꼭 자전거가 아니더라도… 쉬운 예를 들어볼까? 흔히들 묻는 얘기야… 네가 학교에 가고 있는데 앞서가던 할아버지가 넘어지신 거야. 기운을 못 차리고 바닥에 쓰러졌는데, 도와줄 사람들은 없고 등교 시간은 촉박해. 그제도 어제도 지각했는데 오늘마저 지각하면 담임한테 진짜 혼이 날 거야."

"119에 신고해야지."

"좋아, 그런데 119가 도착하려면 한참이 걸려. 며칠째 도로공사로 차로가 통제되어 있었고 하필이면 그 시간이 러시아워거든."

"왜 오빠는 안 좋은 상황을 자꾸 만들어 내는 거야?"

"일이 꼬여야 재미가 있지 술술 풀리면 싱거워."

"나는 싫어. 미끄럼틀은 한 번에 미끄러져 내려와야 재밌지, 이리 걸리고 저리 걸리면 재미없단 말이야."

"야, 강아 대단한 걸! 네 두뇌 신경전달물질이 빛의 속도로 움직이고 있구나! 멋진 비유까지 생각해 내다니!"

"지금 나 놀리지?"

"이리 걸리고 저리 걸리는 인생은 피하고 싶다지만 미끄럼틀에서 내리닫는 인생은 더 끔찍할걸?"

"아니, 내 말은 이렇게 밑으로 고꾸라지는 인생을 말하는 게 아니고 막힘없이 달리는 인생을 말하는 거지. 뻥뻥 뚫린 고속도로를 달리는 것 같은 그런 인생 말이야."

"오, 알겠다. 쓩- 미끄러지듯이 잘 나가는 인생을 말하는 거니까, 그러면 미끄럼틀 비유는 잘못된 거다, 그치?"

엄마, 오빠는 정말 고약하다니까. 고속도로나 미끄럼틀이나 매끄럽고 미끄러지기는 매한가지니까 그냥 대충 알아들으면 되지, 그걸 꼭 따져.

"에휴- 맞아, 잘못된 비유였어. 자, 됐어? 중3짜리 이기니까 좋아?"

"아닌데. 나는 중3짜리랑 논쟁하는 게 아닌데. 나는 귀한 시간 쪼개서 김강아와 대화하는데. 그러니까 노골적으로 자신을 낮은 곳에 두지 말기를 바람."

"내가 뭘…? 그냥 내가 중3이니까 중3짜리 이겨 먹어서 좋냐고 물은 거지."

"어, 방금 중3이랑 대화하는 거 아니라고 했는데 금방 잊음. [구운몽]에 보면 '귀인은 잊기를 잘한다.'라는 문장이 나오는데, 아무래도 강아 너는 귀인인가 보다."

"알겠어, 알겠어, 내가 졌어. 나는 귀인이야. 아주, 아주 귀한 사람이야! 됐지?"

"오케이! 자, 그럼 다시 본류로 돌아가서, 그래 너는 어떡할래?"

"뭘 어떡해? 119에 전화하고, 그러고 나서……."

"그러고 나서?"

"음……. 오빠 그냥 가면 안 돼? 전화했으니까 119 아저씨들이 올 거고. 그러니까 내가 있을 필요는 없잖아? 그냥 가지 뭐."

"할아버지가 몹시 아픈데? 잘못될 수도 있는데?"

"내가 있다고 해서 뭘 특별한 행동을 할 수 있는 것도 아니잖아. 그냥 보고만 있는 건데……. 나는 심폐소생술 같은 것도 못 하고… 아무튼 할아버지를 도와 줄 능력이 더는 없는 걸? 있으나 마나 하니까…….”

“위급한 상황에 놓인 사람을 그냥 두고 갈 거야?”

“그건 좀 그렇기는 하다.”

“그렇지? 할아버지를 길에다 그냥 버려두고 갈 수가 없겠다, 그치?”

“응.”

“그렇지, 너는 할아버지를 버려두고 갈 수가 없을 거야! 그런데 김강아, 정신 차려, 너 지금 안 가면 또 지각이야. 담임이 화가 나서 학교 생활기록부에다 밥 먹고 껌 씹듯이 지각하는, 불성실이 체화된 학생이라고 적을걸?”

“그럼 나더러 어떡하라는 거야? 학교 가라는 거야, 가지 말라는 거야?”

“나한테 물으면 안 되지. 네 선택에 달렸지.”

“몰라, 몰라.”

난 머리를 흔들어댔어. 오빠하고 얘기하면 머리에 쥐가 날 것 같다니까.

“오호, 강아는 어떤 결정을 내리시려나? 서아야, 교아야, 언니가 도덕법칙을 지키려는 인간의 성스러운 의지를 내팽개

치는지 어쩌는지 한번 두고 보자, 응? 아픈 할아버지를 버려두고 가는지, 아니면 담임한테 찍히는 수난을 과감하게 수용하는지 기다려보자고."

그때 교아가 냉큼 말했어.

"오빠, 난 할아버지 옆에 있을 거야."

"훌륭해!"

오빠가 교아를 향해 엄지를 척, 세웠어.

"교아야, 그런데 왜 할아버지 옆에 있으려고 해?"

"할아버지가 아프니까."

"좋았어! 우리 교아는 도덕적 감정이 대단히 많은 사람이야."

교아가 배시시 웃었어. 그때 서아가 물었어.

"도덕적 감정이 뭐야?"

"다른 사람의 아픔을 느끼는 거야. 할아버지가 아프다는 걸 교아가 가슴으로 느끼는 것, 불쌍한 할아버지를 도와야 한다고 생각하는 것, 그런 게 도덕적 감정이지. 물론 우리 강아도 훌륭한 도덕적 감정을 가지고 있긴 해. 그런데 왜 주저하고 있을까?"

"언니는 지각하면 선생님한테 혼난다는 생각을 하고 있으니까 그렇지."

서아가 제법 뭔가를 안다는 듯이 말을 했어. 쳇, 기분 나쁘게. 쪼그마한 게 마치 나를 분석하고 있다는 듯이 말을 하잖아.

"그렇구나! 듣고 보니 서아 말이 맞네! 강아가 결정을 못 내렸던 건 꾸중할 선생님이 두려워서였네! 그치? 천하의 김강아가 이런 걸 겁을 냈나? 김강아는 정녕 겁쟁이였단 말인가?"

오빠는 고뇌에 빠진 듯한 표정을 지었어. 그리고는 미술책에 있는 로댕의 조각상처럼 손등 위에 턱을 올려다 붙였어. 서아가 헤헷 웃었어.

"왜 또 그래? 내가 뭘 어쨌다고?"

"겁이 나서 그런 게 아니라면? 그렇다면, 그 이유가 뭘까?"

오빠는 오른손으로 안경을 들어 올렸고 그다음에는 쓰윽, 안경다리를 잡았어. 진지한 표정으로 말이야. 이번에는 '명탐정 코난'을 흉내 내려는 게 분명했어. 오빠 제스처가 서아와 교아한테도 통했는지 둘이 얼굴을 마주 대고 깔깔거렸어. 쯧쯧, 유치해. 나는 머리를 도리도리 흔들었어. 오빠는 사범대에 갈 게 아니라 연극영화과나 뮤지컬학과나 뭐 그런 데를 갔어야 했어. 틀림없이 진로를 잘못 잡은 거야.

"오빠, 나 학교 가야 해. 벌써 7시 50분이야."

오빠하고 있어 봤자 나쁜 소리만 들을 것 같고, 서두르지 않으면 진짜로 지각하게 될 가능성도 있었어. 우린 식탁에 너무 오래 앉아있었어.

"얘들아, 얘기 하나 해줄까?"

오빠가 은근한 목소리로 물었고 서아는 응, 응, 하며 오빠한테 늘어졌어.

"이건 실제로 있었던 일이야."

그때 베란다에서 고모 목소리가 들렸어.

"강아야, 준비 안 하냐?"

"다 먹었어요. 갈 거예요."

나는 의자를 빼서 일어서며 고모를 향해 크게 소리를 쳤어. 고모는 베란다에서 무얼 하시는 건지 아침 내내 거기 계시는 것 같았어.

"들어봐. 옛날에 한 소년이 있었대. 이 소년이 학교에 갔다가 집에 왔는데 이상한 장면 하나를 본 거야."

"야, 니들은 안 씻냐?"

나는 싱크대에 빈 그릇을 옮겨 치우면서 서아와 교아를 쳐다봤어. 잠옷 입은 채로 밥을 먹은 애들은 이제 나보다 더 바빠질 게 틀림없었어.

"이 소년이 살던 집은, 말하자면 다가구주택이야. 대문을 열고 들어오면 그 집 안에 여러 가구가 살고 있는 거야. 주인집이 있고 그 옆으로 세를 든 사람들이 여럿 살고 있는 구조지. 소년이 자기 집으로 들어가려는데 주인집 현관이 열리는 소리가 들리는 듯해. 무심코 돌아보니 키가 큰 남자아이 하나가 날렵한 몸짓으로 척척 좌우를 살피더니 담을 훌쩍 뛰어넘어 사라지는 거야. 소년은 도둑이구나! 직감했어. 그런데 아뿔싸! 담을 뛰어넘은 키가 큰 남자아이가 누구인지 똑똑히 봐 버린 거야. 당시 소년은 초등학교 2학년, 아니지, 그때는 국민학교라고 했단다. 80년대니까 말이야. 담을 넘어 사라진 남자아이는 같은 학교 6학년. 우리의 주인공인 어린 소년은 그 6학년 형을 이미 알고 있었던 거야. 왜? 같은 동네에 사니까. 또, 그 동네에서 그 형만큼 키가 큰 형이 없었으니까."

"……."

"점점 흥미가 생기지? 오, 강아 눈도 그렇게 말하고 있는걸?"

응?

그 소리에 정신을 차려 보니, 글쎄 엄마, 내 다리는 여전히 식탁 앞에 있는 거야. 가방을 들고 뛰어나갔어야 했는데, 아, 참…….

"빨리 말해 줘."

오빠 이야기가 궁금해서가 아니야. 나는 학교를 빨리 가야 했기 때문에 오빠를 재촉했어.

"소년은 초조했어. 이날따라 집주인뿐만 아니라 이집 저집 일 하러 나간 어른들조차 빨리 나타나지 않았어. 소년은 자기 집에 들어가지도 못하고 문간에 앉아 기다렸어. 그리고 마침내! 집주인이 나타난 거야."

"그래서 어떻게 됐어?"

"소년은 자신이 목격한 장면을 그대로 얘기했어. 집주인은 아이고, 아이고, 소리를 지르면서 집안으로 뛰어 들어갔고 곧 경찰이 왔어. 자 이제 소년은 어떻게 될까?"

"칭찬받았겠지. 잘했다고."

"누구한테서?"

"전부 다. 집주인이든 경찰이든 전부 다."

"맞아, 언니. 학교에서는 표창장이나 뭐 그런 상도 줄 거야."

서아가 내 말에 맞장구를 쳤어.

"안타깝게도… 아니야. 소년은 일생일대의 위기와 고난을 겪게 돼."

이때 베란다에서 나오신 고모 목소리가 들렸어.

"지금 왜들 이러고 있냐? 학교 가야지!"

고무장갑을 벗다 말고 놀란 표정을 짓고 있는 고모를 보고 서아가 의자에서 벌떡 일어섰지만, 이야기를 다 듣고야 말겠다는 자세였어.

"오빠가 얘기해주고 있는데… 잠깐만요 고모."

아, 저 고집하고는! 서아 저 똥고집은 누굴 닮았나 몰라.

"무슨 일인데 그러냐?"

"고모 아직… 오빠 얘기가……."

짧은 순간 고모는 상황을 파악하고 판단을 내리신 모양이야. 단호하게 말씀하셨어.

"8시다. 그만하고 학교 보내라."

"예, 알겠습니다. 어마마마!"

오빠는 군인 신분에 맞게, 시원시원하게, 대답했어. 물론 사회복무요원도 씩씩하고 용맹한 군인이라고 말할 수 있다면.

"의미 있는 담소를 나누는데 귀한 시간을 허락해 주신 동생 여러분! 고모 마마의 명에 따라 아홉 살 소년이 마주한 시련은 이따 밤에… OK?"

교아와 서아가 아쉬운 탄식을 가늘게 흘렸어.

"오빠 꼭 일찍 들어와야 해! 우리 안 자고 기다릴 거야!"

욕실로 달려가며 집요하게 대답을 요구하는 서아의 목소리를 들으며 나도 이크, 큰일 났다 싶어 가방을 들고 현관으로 뛰었어.

"고모, 다녀오겠습니다!"

뒤에서 오빠가 소리쳤어.

"어이, 딜레마에 빠진 동생!"

"딜레마는 무슨 내가 딜레마에 빠졌다고 그래?"

"쓰러진 할아버지 발견하면 큰일인데?"

오빠가 빙글빙글 웃으며 놀려댔어.

"걱정하지 마. 버려두고 갈 거니까!"

나는 혓바닥을 길게 뺐다가 낼름 넣고는 냅다 뛰었어. 등 뒤에서 서아가 딜레마가 뭐냐고 묻는 소리가 들려왔어. 눈가에 물만 묻히고 나와서는 세수 끝냈다고 우길 게 틀림없어. 현관문을 닫으면서 호호, 고소한 생각이 드는 거야. 씻지도 않고 오빠 얘기만 줄창 듣고 있던 김서아, 너 오늘 지각이닷!

13. 봐도 못 본 척하고 들어도 못 들은 척해라

엄마, 아침에 오빠가 하다만 이야기를 해줄게. 오빠는 8시에 들어왔어. 약속을 지키려고 말이야. 12시 넘어서 들어오던 평소와 비교하면 정말 초저녁에 집에 들어온 셈이지. 우리는 오빠 밥상머리에 앉아서 오빠가 밥 먹는 걸 지켜봤어. 아니, 노려봤다는 게 맞을 거야. 오빠는 전투적으로 밥을 먹었어. 평소에도 밥숟가락 가득히 밥을 떠서 먹었지만, 오늘은 조금 더 많이 떠서, 조금 더 빨리 먹는 것 같았어. 하긴 우리가 턱을 괴고 앉아 있으니 속도를 안 낼 수가 없었을 거야.

자, 이제부터 얘기를 들려줄게.

아홉 살 소년의 목격담에 경찰이 출동했어. 경찰은 소년이 보았다는 '도둑으로 추정되는' 6학년 형에 대한 정보를 캐물었어. 아니, 그 전에 소년의 목격담이 진실인지 아닌지 그것을 확인하는 것부터 심문을 시작했어. 아홉 살 소년은 당당하게 말했어. 4교시를 마치고 집에 왔습니다. 경찰은 학교에서 집까지의 거리 15분을 계산했어. 대문을 열고 들어왔습니다. 경찰은 대문 밖에 걸려있는 긴 줄을 확인했어. 이 당시만 해도 대문의 보안장치가 철저하지 않아서 밖으로 늘어뜨린 줄 하나만 잡아당기면 닫혀있던 문이 덜컥, 하고 열렸대. 그러니까 다가구주택에 사는 그 숱한 사람들 모두가, 뿐만 아니라 그 집을 방문하는 동네 사람들 모두가 줄을 잡아당기면서 드나들었다고 해. 우리 집에 들어가려는데 소리가 나서 쳐다보니 6학년 형이 주인집에서 나오고 있었습니다. 그래서? 6학년 형이 이쪽저쪽 살피더니 담을 뛰어넘었습니다. 어느 쪽 담이지? 바로 이 담입니다. 소년은 좁은 골목과 붙어있는, 시멘트 담장을 작은 손으로 탁탁 쳤대. 그래? 경찰들은 고개를 갸웃했어. 정말로 이 담이야? 진짜 이 담을 넘었다고? 재차 묻기까지 했대. 왜냐하면 그 담은 어른이 넘기에도 상당히 높았거든. 6학년짜리가 어떻게 이런 담을 넘겠냐고 의구심을 가질 정도로 말이야. 예, 이 담을 넘었습니다. 소년은 의젓한 태도로 대답했어. 경찰은 담의 높이도 재어서 기록했어. 주인집 현관문을 밀고 안에서 나왔다는 형을 네가 안다고? 예. 이름이 뭐야? 송OO입니다. 집은 어디야? 소년은 6학년 형의 집이 어디쯤이라고 상세하게 설명했어. 이 집에서 나왔다는 형이 정말 송OO이야? 틀림없어? 예. 닮은 아이일 수도 있잖아? 송OO이 맞습니다. 너는 송OO을 봤는데 송OO은 너를 못 봤어? 예. 너는 어디쯤 서 있었기에 못 봤지? 경찰 한 사람은 주인집 현관에 서고 다른 한 사람은 낮에 소년이 그랬던 것처럼 그의 단칸방 부엌문 앞에 서서 서로를 바라보았어. 주인집 현관 앞에 선 경찰이 고개를 길게 빼고서야 이쪽에 서 있는 동료의 모습을 간신히 볼 수 있다는 것을 확인하고 마침내 소년에 대한 긴긴 심문을 마쳤대. 그 사이 도둑으로 추정되었던 6학년 형은 더욱 의심받게 되었는데, 바로 집주인이 화장대 서랍에 넣어뒀던 현금 얼마가 없어졌다고 한 거야. 사라진 물품이 더는 없으신가요? 주인은 그렇다고 대답했어.

경찰들과 소문을 듣고 구경 나왔던 동네 사람들이 돌아갈 즈음, 그러니까 심문의 막바지에 소년의 어머니가 기다란 그림자를 늘어뜨리고 돌아오셨어. 소년의 어머니는 집주인으로부터 간략한 설명을 들었는데, 한동안 꼼짝 않고 서 있었대. 어머니를 본 소년은 뿌듯함과 자랑스러움으로 환히 웃었지만, 그 어머니는 근심 가득한 얼굴로 소년을 내려다보셨어. 그때 소년은 당최 알 수 없는 어머니의 태도가 서운하기까지 하더래.

유난히 늦어진 저녁을 먹으며, 어머니는 소년에게 이렇게 말했대.

"들어도 못 들은 척 봐도 못 본 척 살아라."

소년은 영문을 몰라 그 어머니의 얼굴만 바라봤어.

"앞으로는 그렇게 살아라."

질긴 무시래기를 씹듯이 꾹꾹 힘주어 말하는 어머니의 말씀을, 아홉 살 소년은 전혀 납득할 수 없었대.

그런데 엄마, 다음날 날이 밝고부터 소년은 어머니의 표정이 왜 그리 어두웠는지 이해하기 시작했대. 해가 하늘 한가운데 떴을 때는 어머니의 근심이 무엇이었는지 정확히 알게 되었고, 골목골목을 뛰어다니며 노는 동네 아이들의 즐거운 함성을 방 안에서 듣고 있노라면 봐도 못 본 척하고 살아야 한다는 어머니의 말씀이 그 조그마한 가슴 가운데에 쿡, 꽂히더래.

소년에게 무슨 일이 벌어졌던 것일까? 이야기를 듣고 있는 우리들의 얼굴에는 차차 안타까움이 일렁이기 시작했어. 오빠는 나긋한 목소리로 이야기를 계속했어.

다음 날 아침, 소년은 평소와 다름없이 학교에 갔어. 동네 친구들 두엇과 함께. 그런데 중간에 한 무리의 6학년 형들을 만났대. 실은 만난 것이 아니라, 소년을 기다리고 있던 그들의 눈에 띄게 된 거지. 친구들을 학교로 쫓아버린 형들은 소년의 멱살을 바투 쥐었어. 그리고 소리 없이 소년을 잡아챘어. 소년은 멱살이 잡힌 채 골목으로 떠밀렸어. 높은 담장을 훌쩍 넘어갔던 키 큰 형이 이렇게 말했대. 야, 니가 봤냐? 니가 봤어? 소년은 겁이 났어. 어머니의 얼굴만 떠올랐대. 멱살을 움켜 몸을 흔들어대는 통에 목이 죄어오면서 숨조차 쉴 수가 없었대. 발끝만 겨우 땅바닥에 닿은 소년의 몸은 허공에서 요동쳤어. 마치 몰아치는 바람에 휘청거리는 어린 버드나무처럼 말이야. 이 새끼, 너, 진짜 봤어? 진짜 봤냐고? 왕- 왕- 울어대는 매미 떼처럼, 이 나무 저 나무에서 다투듯이 울어대는 매미 떼처럼, 어린 소년을 둘러싸고 형들은 소리를 질러댔어. 확, 죽여 놓을까 부다! 이 새끼 빨리 말 안 해? 너 안 봤잖아! 소년은 아무것도 생각할 수 없었대. 어떤 말도 뱉을 수가 없었대. 그런데 그때, 이놈들! 하는 소리가 들렸어. 매미 떼의 왕왕거리는 소리가 뚝 그쳤어. 그리고 곧 소년의 몸이 골목 바닥에 철퍼덕 떨어졌어. 이놈들이 아침부터! 하는 소리가 다시 들리면서 가까이 달려오는 발소리, 후다닥 멀어지는 발소리……. 눈물범벅으로 희미해진 소년의 눈앞에 가방을 들고 섰는 어른의 실루엣이 비쳤어. 그걸 보는 순간 소년은 엉, 엉, 소리를 지르며 울었대. 태어나서 그렇게 큰 목소리로 울어보기는 처음이었대.

4교시 수업을 마치고 소년은 긴 복도를 걸어 운동장으로 나왔어. 당시 소년의 학교는 교실 수가 적어서 전교생이 학년별로 오전반과 오후반으로 나뉘어 수업을 했대. 2, 4, 6학년이 오전반을, 1, 3, 5학년이 오후반을. 본관 뒤편에 교실을 증축하는 공사가 꽤 오랫동안 진행되었는데 본관 건물보다 더 높고 으리으리한 교실들이 지어진 후에야 오전 오후로 나누어 수업하는 게 없어졌대. 소년은 상급 학년 학생들이 수업을 받기 위해 줄지어 교실로 들어가는 것을 보고, 한낮 아무도 없는 운동장 구석진 데에 숨었어. 멀건 운동장을 마냥 바라보고 있었지. 조금 있으려니까 오후반 학생들이 1교시를 마치는 멜로디가 울렸대. 다시 2교시가 시작되는 멜로디가 들렸어. 소년은 학생들이 책 읽는 소리를 들었어. 선생님의 호통 치는 소리도. 더듬더듬 책을 읽는 소리. 선생님의 호통 소리. 겁먹은 소리. 그리고 뺨을 맞는 소리! 소년은, 여름날 부채보다도 더 크고 소년네 집 문지방보다도 더

두꺼운 손바닥이 거무튀튀한 남자아이의 뺨을 갈기는 것을 훔쳐보았어. 비틀거리는 아이를 왼손으로 붙들어 세우고 다시 뺨을 치는 손! 소년은 벌떡 일어났어. 운동장을 질주했어. 두 눈을 질끈 감고, 아침나절 울며울며 절뚝이며 걸어왔던 그 등굣길을 죽으라고 내달렸어. 어느 모퉁이에선가 소년을 기다리고 있을지도 모를 10개의 눈깔을 피해 소년은, 먼먼 곳을 돌고 돌아 헐떡이며 집으로 내달았어.

……. 그리고 어머니가 돌아오실 때까지 소년은 유일한 출입구였던 부엌문을 걸어 잠그고, 창문을 꼭꼭 닫아걸고, 그렇게 방바닥에 쓰러져 있었대. 웅성웅성 동네 아이들이 얇은 벽 너머에서 소년을 찾는 소리가 들리기도 했지만, 소년은 굼벵이마냥 말린 채로 차가운 바닥에 몸을 붙이고 있었대.

다음 날 아침, 소년은 10개의 눈깔을 가진 무리에게 또 붙들렸어. 눈물 콧물 분간 없이 쏟아지고 나서야 왕- 왕- 울어대는 매미 소리가 그쳤어. 다정한 친구에게나 할 법한, 나중에 마치고 보자, 라는 소리까지 남기고. 4교시를 마친 뒤 소년은 본관 뒤쪽 공사장으로 내뺐어. 구석진 자재 더미 속에서 퉁탁퉁탁 망치질 소리를 들으면서 웅크리고 있었어.

10개의 눈깔이 자신을 찾아내지 못하기를 간절히 빌면서. 해질녘 공사장 소음이 완전히 잦아든 뒤, 권총을 든 제임스 본드가 뒷벽에 몸을 붙이고 은밀하게 움직이듯이 소년은 온몸의 감각을 곤두세운 채 집을 찾아갔어.

다음날 소년의 등교는 당번활동을 할 때보다도 더 빨랐어. 그다음 날은 간당간당 지각 직전까지 늦추었고. 그런데도 10개의 눈깔은 소년을 잡아냈어. 그러한 날이 며칠 지속됐지. 그런데 어느 날! 10개의 눈깔은 이 새끼, 너, 진짜 봤어? 진짜 봤냐고? 라며 소리치지 않았어. 10개의 눈깔은 표독스럽게 말을 했지만, 화가 묻어있지 않았어. 잔인하게 소년의 몸에 생채기를 냈지만 깔깔거리고들 있었던 거야. 소년은 알았어. 이제껏 고개 한 번 못 들고 질끈 두 눈을 감았지만 말이야, 중심을 잃으면서 퍼뜩 눈이 떠져도 이내 발밑만 내려다보았지만 말이야, 10개의 눈깔이 지금 어떤 얼굴로 있는지 알 것 같았어. 소년은 또 알았어. 자신이 이들의 제기가 되어 있다는 것을. 헐렁이 제기를 차듯 까불며 둘러서서 놀고 있는 이들에게 자신은 잘 나가는 제기가 되어버렸다는 것을 분명히 알아차렸어.

그날 저녁 무렵, 소년은 대문을 열고 나갔어. 소년은 어제까지도 끈 하나만 잡아당기면 덜컥, 열리는 문이 두려워 부엌문까지 걸어 잠그고 있었지만, 아홉 살짜리 셈으로도 어떤 결단이 있어야겠다고 생각한 거야. 고작 아홉 살짜리 지각이니 대단한 방도를 차릴 수는 없었지만, 그래도 소년은 대문을 열고 나갔어.

아이들이 돌아간 길에는 어스름이 내리고 있었어. 이짝저짝 골목이 스멀스멀 검은 이불에 덮이어 가는 것을 보며 소년은 짧은 다리로 걸어 눈깔의 집으로 갔어. 10개의 눈깔 중 가장 크고 무서웠던 그 두 개의 눈깔을 찾아간 거야.

눈깔의 집은 깊은 골목 끝에 있었어. 그때까지도 나무 대문을 하고 있는 눈깔의 집은 입구에 큰 비파나무 하나를 키우고 있었대. 그 나무를 볼 때마다 어린 소년은 노오란 비파 열매를 맛보고 싶어 했는데, 그날 이후로는 단 한 번도 그런 마음을 가져보지 않았대.

소년은 열려있는 대문을 지났어. 서너 고랑 쪽파나 심을만한 텃밭만큼 작은 마당. 맞은편 마루에 불이 켜져 있었고 어른 하나가 등을 지고 앉아 있다가 인기척에 뒤를 봤어. 어른이 누구냐고 물었지. 소년은 답할 수 없었어. 어른은 누구를 찾아왔냐고 또 물었어. 소년은 소리를 낼 수 없었어. 그러자 소년을 잠자코 훑어보던 어른은 방 안을 향해 소리를 쳤어. 영환아, 영환아! 곧 키가 크고 호리호리한 형체가 어둔 방에서 나왔어. 그가 좁다란 마루 가운데 섰어. 바로 눈깔이었어. 너 찾아왔나 부다. 이렇게 말한 뒤 어른은 양쪽 팔로 마루를 짚고 아랫도리를 끌며 느리게 방으로 사라져갔어. 소년은 그 모습을 지켜보았어. 그리고 눈깔의 표정이 흔들리는 것도 보았어. 소년은 아무 말을 하지 않았어. 눈깔도 마찬가지였지. 소년은 자신을 내려다보고 섰는 눈깔을 잠자코 응시했어. 마당가 어디 풀 더미 속에서 작은 벌레 소리가 잔잔히 들려올 뿐 집안은 고요 속에 있었어. 침묵 속에 있었어. 소년은 눈깔이 눈길을 떨구는 것을 보았어. 소년은 천천히 돌아섰어. 눈깔은 소년을 부르지 않았어. 마루에서 달려 내려오지도 않았지. 그 기다란 다리로 등허리를 퍽 내지를 것 같아 무춤, 했으나 아무 일도 일어나지 않았어. 소년은 눈깔의 대문을 넘어 길고 좁다란, 검고 황량한, 골목을 빠져나왔어.

오빠가 여기서 이야기를 마쳤어. 교아는 눈깔이 다시는 소년을 때리지 않았는지 확인하고 싶어 했어. 오빠는 그렇다고 했지. 서아는 눈깔이 나쁜 짓을 하고도 왜 소년한테 폭력을 가했는지 이유를 모르겠다고 했어. "부끄러운 줄 알아야지!" 나는 서아 말이 맞다고 했어. 오빠가 말했어. 눈깔은 자신을 쳐다보고 있는 소년을 통해서 부끄러움이 뭔지 알게 됐을 거라고 말이야.

오빠가 물었어.

"어둠에 잠겨가는 골목을 걸어 눈깔의 집을 찾아가는 소년의 마음이 어땠겠냐?"

"엄청 무서웠을 거야. 이제 겨우 아홉 살짜리가 어떻게 그런 용기를 내게 됐는지 참 대단해."

나는 진심으로 소년을 칭찬했어.

오빠가 말했어.

"용기란 건 나이가 많아진다고 해서 생기는 게 아니더라. 어리다고 해서 용기가 부족하고, 나이가 든다고 해서 새록새록 채워지는 게 아니더라고. 어려서부터 비겁함으로 자신을 채운 사람은 자라서도 '비겁왕'이 되지 않겠냐? 언제 어느 때에 무엇을 어떻게 배워 자신을 채우느냐에 따라 그 사람의 본질이 달라지겠지?"

나는 고개를 끄덕였어. 엄마, 이럴 때 보면 오빠는 진로를 참 잘 선택한 것 같아. 좋은 선생님이 될 것 같아. 그치?

"용기를 채워야겠는데 어떤 용기가 좋으려나? 네모난? 길쭉한?"

"……응?"

다음 순간, 우리는 한꺼번에 소리를 질렀어.

"오빠!"

잘 나가다가 꼭 이렇게 말도 안 되는 개그를 한다니까! 오빠 밑에서 배울 학생들이 얼마나 괴로움에 몸부림을 치게 될지 안 봐도 훤해!

우리는 한바탕 웃으면서 오빠를 때려줬어. 오빠는 교아 손에 등을 맞고는 죽는다는 시늉을 했어. 잠깐 웃어 젖히던 오빠가 다시 자세를 바로잡았어.

"나는 말이야, 자주, 소년이 걸어 들어갔던 그 골목길을 생각해. 쿵쾅쿵쾅 요란스레 방아를 찧어대는 심장. 그 감당하기 힘든 파닥거림도 생각해. 그리고 부들부들 떨리는 짧은 다리를 내처 옮기는 소년의 작은 뒷모습을 떠올린단다. 아까도 말했지만, 소년은 뭘 어떻게 하리라는 계획 같은 게 있었던 건 아니래. 오직, 눈깔들의 제기 놀음에 휘둘리고 싶지 않다는 생각만 했대. 그것이 오기라고 해도 좋겠고, 분노라고 해도 좋아. 강아 말대로 용기라고 해도 좋을 거야. 소년은 절대로 한낱 제기 따위로 살고 싶지 않다는 마음으로 대문을 넘은 거였어."

"……."

"너희들도 살다 보면 이 소년이 떠오를 때가 있을 거야. 소년의 마음이 오롯이 너희들의 것이 될 때가 말이야."

"우리한테 이런 일이 생길 거라고?"

"소년이 당한 일과 똑같은 일은 아니겠지. 하지만 분명코 만날 거야. 그것도 여러 차례."

"……."

"그때 너희들도 이 소년을 떠올렸으면 좋겠어."

14. 엄마꽃이 피었습니다

오늘 잠들어 있는 엄마를 보고 왔어. 교아가 엄마, 엄마, 자꾸 부르니까 간호사 선생님이 와서 조용히 하라고 손가락을 입에 갖다 댔어. 그 뒤로 교아는 소리도 못 내고 계속 울기만 했어. 서아는 입을 굳게 닫은 채 엄마 손만 계속 만졌고. 엄마가 손을 들어 서아 얼굴이며 목을 쓰다듬을 것 같아서 나는 눈을 떼지 못하고 엄마 손을 바라봤어. 서아 몸에 난 상처 위로 엄마가 하루종일 알로에를 바르고 보습제를 바르고 약을 발라줬었는데… 저 상처들을 보면 엄마가 펄떡 이불을 떨치고 일어날 텐데… 하면서 말이야. 아빠는 엄마 머리카락을 가지런히 하고 반짝이는 머리핀을 꽂았어. 어디서 사 오셨던가 봐. 한 번도 보지 못한 거였어. 그리고는 엄마 손톱을 다듬고, 엄마 발톱을 다듬었어. 다음번에는 매니큐어를 가져와서 엄마를 예쁘게 해줘야겠다고 내가 말하니까 아빠가 그렇게 하라고 했어. 아빠가 이불을 걷고 엄마 다리를 주무르기 시작하자 그때야 교아는 울음을 그치고 엄마 팔을 조물조물 주물렀어. 서아가 환자복 아래에 숨겨진 엄마 팔을 만지면서 살이 빠졌다고 했고, 나는 절대 그렇지 않다고 했어.

"본래 엄마 팔은 가느다랬어. 엄마 다리 봐. 아직 뚱뚱해. 엄마가 깨면 다이어트 해야 한다고 야단이 날걸?"

이 말에 교아가 웃었고, 아빠도 웃었어.

우리는 우리한테 주어진 30분을 오직 엄마에게 쓰기 위해 재빠르고 소리 없이 움직였어. 아빠가 어제 엄마 몸을 닦았다고 했지만, 나는 엄마 몸을 옆으로 세우고 수건으로 등과 허리, 엉치 쪽을 닦고 로션을 골고루 펴 발랐어. 인터넷에서 봤는데 현재 엄마 상태에서는 욕창을 조심해야 한대. 오랫동안 누워있으면 체중으로 인한 압력 때문에 욕창이 쉽게 발생하니까 계속 마사지를 해주고 피부를 깨끗하게 유지해야 한대. 난 그 글을 보면서 이런 생각을 해봤어. 중환자실의 중력을 조금 약하게 만들면 환자들의 욕창 문제가 해결되겠다고 말이야. 중력이 약해지면 몸무게도 가벼워지고, 그러면 바닥 면에 닿는 압력도 약해질 거니까 욕창도 덜 생기지 않겠냐는 거야. 어때 엄마? 좀 그럴듯하지? 과학적이지?

그런데 아빠가, 내 기 꺾어놓기 좋아하는 아빠가, 중력이 심장박동이나 혈행에 미치는 영향을 고려해 봐야 하지 않을까? 이러시잖아. 엄마, 아무래도 아빠는 전생에 나무꾼이었나 봐. 키 큰 나무, 우람하게 자라는 나무, 탕탕 찍어 쓰러뜨리는 나무꾼 말이야. 내가 조금이라도 기고만장하려 들면, 여지없이 달려들어 나를 짜부라뜨려. 중력이 심장이나 그 외 기관에 영향을 미칠지 모르겠지만, 그래도 "하하, 그거 참 좋은 생각이다." 이렇게 말해 주실 수도 있는 거잖아. 그런데 꼭 내 기를 꺾어 놔요.

시간이 다 되어 가니까 간호사 선생님이 나가야 한다고 했어. 아주 얄미운 서비스야. 우리도 계속 시계만 보고 있는데, 하지 않아도 될 말을 왜 전하는 건지 모르겠어. 우리는 마지막으로 엄마 손에 입을 맞추고 나왔어. 그리고 엄마, 엄마 머리맡에 서아가 쓴 시를 걸어 놨어. 내가 며칠 전에 엄마한테 읽어준 시 말이야. 〔엄마한테 가는 날〕 처음에는 우리 방에다 붙여야지 계획했는데, 가만히 생각하니까 엄마한테 두는 게 더 좋을 것 같아서 내가 고리를 달아서 가져왔지. 서아도 엄청 좋아했어.

돌아오는 길에는 아무도 말을 하지 않았어. 아빠가 좋아하는 그 옛날 노래도 틀지 않아서 차 속에는 내내 고속도로 위를 달리는 바퀴 소리만 들렸어. 바람을 가르고 내달리는 자동차 소리만이…….

나는 하얀 엄마 얼굴을 떠올리며 여러 가지 꽃들을 생각해 냈어. 하얀 국화가 먼저 생각났지만, 엄마한테 어울리는 꽃이라고 말하고 싶지 않았어. 흰 국화가 제아무리 '감사'의 꽃말을 가지고 있다 해도 국화는 차고 슬픈 느낌이 들어서 싫어. 그다음에 떠올린 꽃은 하얀 히아신스였어. 예뻐서 엄마꽃으로 삼을까 했는데, 다시 생각하니 이것도 마음에 안 들어. 꽃이 뭉텅이 뭉텅이 핀 게 뽀글뽀글 파마한 것 같아. 파마 좋아하지 않는 엄마한테는 역시 안 어울리는 꽃이야. 다시 또 머리를 짜내 떠올린 건 하이얀 치자꽃이었어. 화려하지 않으면서 노란 꽃술이 쫑긋한 게 상당히 도도해 보이기도 하니까 괜찮을 것 같았어. 그런데 치자꽃은 향이 너무 강한 것 같아. 멀리 있으면 은은하고 향긋하지만 가까이에서는 그 달고 짙은 향기에 머리가 아프잖아. 그러니 이 꽃도 엄마 이미지에는 안 어울려. 다시 찾아낸 꽃은 백합, 하지만 백합은 너무 흔해 빠졌는걸. 흰장미? 이것도 유치해. 흰 튤립? 다른 색깔 튤립과 함께 있으면 모를까 저 혼자 있으면 허여멀건 것이 개성이 없어, 개성이.

결국, 난 엄마를 닮은 꽃을 찾아내지 못했어. 다 맘에 안 들어. 그러다 문득 생각하니까, 내가 왜 하얀 꽃만 떠올렸나 거기에 생각이 미쳤어. 엄마 얼굴이 하야니까 나도 모르게 그만 흰 꽃들 속에서 찾아내려고 애를 썼나 봐. 야! 김강아! 생각의 전환이 필요해. 발상의 전환이 필요하다고! 어쩜 이렇게 멍청한 건지! 엄마, 내가 오늘부터 꽃 공부를 좀 해보고, 엄마한테 어울리는 꽃을 찾아줄게. 시간이 좀 걸릴 거야. 기다려 봐.

아니야, 아니야, 엄마!

내가 지금 무슨 소릴 하는 거야! 엄마는 오늘밤에라도 벌떡 일어나야 해. 그리고 내가 고민하지 않게 엄마가 말해 주는 거야. 엄마한테 어울리는 꽃은 000이라고, 엄마는 000 꽃을 좋아한다고. 알겠지, 엄마? 꼭 그렇게 해 줘. 꼭…….

15. 이름에 대하여

오늘은 사건이 좀 많아. 음……. 두 가지? 아니네. 세 가지야. 우리 엄마 정신없겠다.

첫 번째는, 서아가 서울에 있는 대학병원에서 치료받기로 했어. 그 병원 교수님 한 분이 아토피 연구와 치료에 대단한 업적을 가지고 있대. 고모는 그 명성을 한번 믿어보자고 하셨어. 명성이라고 하니까 전에 고모가 이름에 대한 여러 가지 의견을 들려주셨던 게 생각나네. 엄마, 어떤 시인은 이름을 통해서, 이름을 부르는 것을 통해서 본질에 다가갈 수 있다고 했대. 그러니까 내가 어떤 친구 A에게 다가갈 수 있는 방법, A의 참모습을 알 수 있는 방법이 A의 이름을 부르는 것이래. 물론 고모는 이름을 부른다는 것은 단순한 호명 이상의 의미가 있는 것이라고 했어. 엄마, 우리가 대학병원 교수님의 이름을 부르는 것은 그 교수님의 명성과 업적을 믿고 다가간다는 말로 이해하면 될까? 그리고 그렇게 하면 정말 우리 서아의 병을 고칠 수 있을까?

고모가 말씀해 주신 것 중에 이 시인과 전혀 다른 의견을 가진 사람이 있었어. 이분은 지금 시대 사람이 아니고 옛날 어느 땐가를 살았던 선비인데, 이름이라는 건 중요한 것이 아니라고 했대. 이름은 나와 남을 구별하기 위해 지은 것이니까 그것의 본질과는 아무런 관련이 없는 것이래. 그러니까 사람들이 어떤 꽃을 좋아한다면 그건 그 꽃 자체가 좋기 때문이지 이름 때문은 아니라는 거야. 이름보다는 실질이 중요한 것이라는데, 곰곰이 생각해보면 이 말도 맞는 것 같아. 실제는 그렇지 못한데 이름만 키우는 사람들이 많잖아. SNS를 통해 진실하지 못한 광고를 하고, 그 이름에 현혹되어 상품을 사는 사람들을 보면 그 선비의 의견이 맞는 것도 같다는 생각을 하게 돼.

고모는 대학병원 홈페이지에서 그 교수님에 대한 자료를 다 찾아 읽었대. 연구 논문 일부도 보셨고. 전문적인 내용들이라 어려워서 알아들을 수 있는 것은 조금 밖에 없었지만, 일단은 믿음이 간다고 하셨어. 고모는 이름만 보고 덥석 쫓아가는 분은 아니신가 봐. 그리고 이단은 우리에게 이번 주중에 가자고 하셨어.

하하, 엄마, 이 '이단'이라는 건 오빠 개그야. 나도 모르게 그만 이단이라고 했네? 이게 뭐냐면, 내가 '일단은'이라고 말을 시작하면 오빠는 항상 "그래, 이단은 뭐야?" 이러거든.

난 재미 하나도 없는데 오빠는 하늘이 우리 집안의 화목을 위해 자기에게 내려준 재능이래. 그래서 내가 "재능이 아니고 재앙 아니야?" 이렇게 맞받아쳤어. 그랬더니 오빠가 눈을 똥그랗게 뜨더니 "강아, 너 재주 있다. 수업료 공짜다. 입산해라." 그러잖아. 아, 이제 내가 제법 오빠랑 말이 통하는 건가?

자, 이렇게 해서 첫 번째 소식은 끝났고, 두 번째 소식은 좀 전에 말했듯이 우리가 대학병원에 가게 됐다는 거야. 서아만 가는 게 아니고, 나랑 교아도 함께 간다고. 고모는 교아와 함께 여행이라도 다녀와야겠다고 생각하셨던 것 같아. 교아가 불안해하니까. 그렇지 않고서야 왜 같이 가자고 하시겠어? 거기에 나는 덤으로 낀 거겠지? 서아, 교아만 데리고 가면 내가 섭섭할까 봐. 말씀은 지하철 노선도 읽는 것도 어렵고, 반대편 방향으로 타고 가면 큰일이니까 강아가 꼭 있어야 한다고 하시지만 내 보기엔 고모가 괜히 엄살 피우시는 것 같아. 나 듣기 좋아라고 말이야. 그렇지만 엄마, 나 얼마나 좋은지 몰라. 야호, 야호! 병원 가려면 평일에 가야 하잖아. 공식적으로 수업을 빼고 땡땡이를 치는데 왜 좋지 않겠어? 벌써부터 가슴이 뛴다고. 와하하, 해방이닷!

고모가 내일 담임한테 말씀드리고 〈학교장허가 교외체험학습 신청서〉를 받아오래. '학교장허가'라니! 내가 교장선생님 허락 하에 땡땡이를 칠 수 있다는 말이잖아? 정말 통쾌해! 가슴이 후련하다니까! 고모가 '지극히 공손한 태도로 말씀드려라.'라고 특명을 덧붙이셨는데, 사실 지금까지 난 좀 억울해. 지난번에 담임이 고모 불러다 김강아가 이러합니다, 저러합니다, 험담을 했지만, 사실이 아닌 것도 있거든. 아빠든 고모든 꾸중을 하셨으면 그렇게 된 게 아니라고, 선생님들이 일방적으로 몰아붙인 게 있다고 항변이라도 했을 텐데, 아무런 말씀을 안 하시니까 그게 그만 사실처럼 되어버린 거야. 변명할 여지도 안 주고 담임이 가공해낸 이야기 속에서 문제아로 등극해 버린 거지.

엄마, 나는 선생님들이 나를 사춘기라고 하는 것이 싫어. 이 선생님 저 선생님 할 것 없이 사춘기니까 봐준다는 식으로 자신들의 관대함을 자랑하는데, 이건 정말 부당해. 어머, 넌 어쩜 그걸 그렇게 생각해? 이러시니까, 예, 선생님, 저는 이것을 이렇게 저렇게 생각합니다. 선생님께서 하신 말씀은 이렇게 저렇게 타당하지 못합니다. 이렇게 대답했지. 그런다고 글쎄 나더러 사춘기래. 선생님, 이건 사춘기하고는 아무 상관없는 얘기예요, 이렇게 응수하면, 어머, 얘 좀 봐. 이쁘다 이쁘다 하니까 지금 할애비 수염이라도 잡아채 보자 이거야? 어디 눈을 똑바로 뜨고 말본새가 지금 뭐야? 이렇게 예상치도 못한 샛길로 휭 나가버리니 나보고 어떡하라는 건지. 그리고는 발칙하고 버릇없다고 담임한테 고자질이야. 하루는 엄마, 상담실 선생님이 불러서 갔더니, 뭐라더라? 무슨 무슨 검사를 하재. 그게 뭐냐고 물으니까 지금 현재 내 정서, 그러니까 불안이나 분노 뭐 이런 감정들을 한번 살펴보자는 거야. 사춘기를 겪는 청소년들이 흔히 분노와 같은 감정들을 조절하는 데 애를 먹는다면서, 특별히 나만 그런 게 아니니까 걱정 말라는 말까지 하지 뭐야. 그 말을 들으니까 진짜로 화가 치미는 거야. 대체 왜들 이러는 건지, 정말 내가 문제아인 건지, 아니면 '김강아는 사춘기 병을 앓고 있는 유일무이한 학생이다.'라는 집단최면에라도 걸린 건지 정말 영문을 모르겠어.

에잇, 생각할수록 화가 나네. 하지만, 후우……. 후우……. 마음을 진정시키고, 다시 소식을 전해줄게.

이제는 세 번째 소식이야. 오늘 낮에 고모부가 경찰서에 다녀오셨대. 담당 경찰관에게 자전거 사건과 관련해서 상세히 진술을 하셨대. 경찰관이 호의적으로 대했고, 분위기로 봐서는 더 이상 나쁜 일은 생기지 않을 것 같다고 하셨어. 자전거를 찾았기 때문인지 고모부 말씀을 믿었기 때문인지는 모르겠지만 아무튼 잘 될 것 같아.

고모부가 경찰서에서 나오다가 줄줄이 지역 후배들을 만났대. 어떻게 오셨습니까? 하는 의례적인 인사 끝에 고모부가 자전거 절도범으로 조사받으러 왔다고 했대. 모두가 화들짝 놀라서 묻자 고모부는 그간 있었던 일들을 들려주었대. 경찰서 현관이 경찰들의 박장대소로 떠나갈 듯한 그 가운데 고모부가 마지막으로 이 말씀을 하셨대.

"어떤 도둑놈이 훔쳐 갈까 봐 걱정돼서 들고 왔더니만, 그 도둑놈이 바로 나더라."

16. 우리는 언니니까

엄마…

엄마, 나 아빠한테 말해볼까 해.

계속 고민했는데…… 우리 초아에 대해서 서아도 교아도 알아야 하는 게 맞는 것 같아.

동생들이 막내는 언제 와? 이렇게 물으면 아빠는 응, 좀 더 있다가. 이렇게 대답해. 초아 보고 싶어, 그러면 곧 집에 올 거야, 라고 답을 해. 아빠가 잔인한 생각으로 동생들에게 거짓말하는 게 아니라는 걸 알고 있지만, 이제는 나조차도 아빠랑 공범이 되어서 동생들을 속이고 있는걸.

얼마 전에 오빠가 했던 말이 자꾸 떠올라. 우린 용기가 없었다. 그때는 얼토당토않은 변명이라 생각했었어. 초아에 대한 진실을 우리에게 알리지 않은 것에 무슨 용기 따위가 필요한 거냐고 했어. 그런데 엄마, 막상 동생들한테 말을 하려니까 온갖 것이 걱정되기 시작했어. 동생들이 놀라지 않을까? 얘네한테 정말로 큰일이 생기면 어떡하지? 긁어 부스럼 만든다는 옛말도 떠올라. 내가 괜한 짓을 해서 서아와 교아를 더 고통스럽게 하는 건 아닐까? 말도 못 하게 불안해.

그러면서도 한편으로는 동생들이 몰라서는 안 된다는 생각을 해. 우리가 함께 엄마 얘길 나누고, 엄마가 빨리 깨어나길 기도하는 것처럼, 우리 초아한테도 그렇게 해야 한다고 생각하는 거야. 초아는 저렇게 아파하고 있는데, 우리가 초아 걱정조차 하고 있지 않다는 걸 초아가 알게 된다면 얼마나 서럽고 가슴 아프겠어? 초아한테는 우리가 필요하잖아. 그치, 엄마? 언니들이 응원하고, 언니들이 손을 잡아주면 우리 초아가 더 힘을 내지 않겠어? 맞지, 엄마?

엄마, 나는 이렇게 하루에도 몇 번씩 흔들려. 갈림길에 서서 이쪽 길로 두어 발 걸어 들어갔다가, 다시 돌아와서 저쪽 길로 두어 발 걸어 들어갔다가, 다시 제자리로 돌아와서 어느 길로 가야하는지 묻고 또 묻는 거야. 내가 이렇게 결단력 없고 우유부단한 아이인지 정말 몰랐어.

하지만……. 우리 초아를 생각하면, 용기를 내야 해. 우리 넷 중에서 가장 힘든 건 우리 초아인걸? 그치, 엄마? 그래, 나, 그것만 생각할래. 우리 초아가 우릴 기다리고 있다는 것, 그것만 생각할래.

엄마, 교아한테 내가 잘 얘기할게. 교아도 언니니까, 우리 교아도 초아 언니니까… 힘을 내라고, 용기를 내라고, 그렇게 말할 거야. 아빠가 돌아오시면 내가 초아 사진을 봤다고 말씀드릴 거야. 병원에 갔었다는 얘기도 할 거야. 동생들에게도 초아 사진을 보여주셔야 한다고 할 거야. 그리고 엄마한테 가는 날, 우리 초아도 꼭 만나게 해달라고 할 거야. 언니니까, 우리는 초아 언니니까 말이야.

17. 공격

엄마, 여기는 서울이야. 고모랑 서울에 왔어. 서아 병원에 말이야. 새벽에 버스를 탔는데, 서울에 도착할 때까지 내내 자 버렸어. 아이, 진짜 아쉬워. 휴게소에 내려서 호두과자도 사 먹고 맥반석 오징어도 사 먹고 싶었는데. 케첩과 설탕을 잔뜩 바른 핫도그도 사고 싶었단 말이야. 그런데 하나도 못 했어. 어쩜 그렇게 자버렸나 몰라.

서울 도착해서 곧장 지하철을 탔어. 서울은 진짜 사람이 많아, 엄마. 출근 시간이 지난 시각인데도 얼마나 많은 사람이 오가는지 몰라. 고모 바람대로 나는 고모의 손이 되어서 일회용 교통카드를 발매해 드렸어. 서아와 교아도 자기들 교통카드를 직접 뽑았어. 한 번도 해본 적은 없었지만 딱 보니 할 수 있겠더라고. 아주 쉽고 편하게 되어 있었어. 또 고모의 눈이 되어서 지하철 노선도도 읽어드렸지. 학교 국어 교과서에 엄마 어떤 내용이 있냐면, 우리 한글은 영어처럼 풀어쓰지 않고 모아쓰기 때문에 가로로 쓰든 세로로 쓰든 혹은 비스듬히 쓰든 간에 그 의미를 명확하게 파악할 수 있는 우수한 문자라고 했어. 그 예시로 서울 지하철 노선도 일부가 그려져 있었거든. 교과서에서 볼 때는 그냥 그랬는데, 여기서 노선도 전체가 펼쳐진 걸 보니 새삼스럽게 감동이 되는 거야. 등나무 줄기가 갈라져 뻗어나가듯 지하철 노선도도 오른쪽으로 왼쪽으로 위로 아래로 뻗어나가는데, 그 길이 각각 떨어진 것이 아니었어. 이어지고 맺어지고 만나면서 커다란 동그라미를 이루고 있는 거야. 그래 맞아, 엄마! 등꽃을 환히 피운 등나무가 무성히 우거져 자라는 가운데 여린 가지들은 솟구치듯 고개를 흔들어 세우잖아. 지하철 노선도가 꼭 그것 같았어.

병원은 생각보다 가까웠어. 넓고, 깨끗하고, 역시나 사람이 많았지. 정신이 하나 없어. 우리는 접수를 해놓고 마냥 기다렸어. 얼마나 지겨운지. 병원 내에 있는 편의점에 가서 요기를 하고 왔는데도, 서아 앞에는 엄청난 사람들이 대기하고 있는 거야. 우리나라에서는 피부에 병 있는 사람들이 죄다 이 병원에 치료하러 오는 거냐고 내가 투덜댔어. 고모랑 꼼짝 않고 앉아서 환자 대기 명단이 뜨는 모니터를 뚫어져라 보는데, 고모가 진료 끝나고 나면 근사한 데서 밥을 먹자고 하시네. 고모는 우리가 이 상황을 인내할 수 있도록 요인을 만들어 내려고 애쓰시는 것 같았어.

"교아, 뭐 먹고 싶니?"

"아무거나요."

"큰일이네? 그 음식은 어디서 팔지?"

그러니까 교아가 깔깔 웃잖아. 고모 얼굴에도 웃음이 돌았어. 그러고 보니 엄마, 고모가 웃는 모습도 정말 오랜만에 보는 것 같아.

고모가 먹고 싶은 음식을 검색해 보라고 하셨어. 한 번도 먹어 보지 못한 것, 우리 동네서는 안 파는 것, 이색적인 것, 희한한 것, 군침 도는 것, 친구들에게 자랑할 만한 것!

우리 셋이 빠르게 손가락을 놀렸어. 음식 사진을 돌려보며 쑥덕쑥덕 공론을 했어. 그러다가 야, 이거 어때? 비주얼 죽이지? 나도 모르게 그만 이 말이 튀어나와 버린 거야. 그때 서아가 재빠르고 낮게 언니! 소리를 내서 퍼뜩 고개를 드니까 고모가 눈을 옆으로 노려 뜨고 계시더라고. 나는 히히 웃었어. 고모도 피식 웃으시더니 아무 말씀 안 하셨어.

마침내, 드디어 마침내, 우리는 서아 이름이 불리는 걸 들었어. 엄마, 그런데 여기서 끝난 게 아니야. 교수님 얼굴을 잠깐 보고 나온 서아는 무슨 무슨 검사를 해야 한대. 뭘 하는지는 몰라도 검사실 안에서 서아 울음소리가 들리고, 고모가 달래는 소리가 들렸어. 다 큰 3학년짜리를 울릴 검사란 게 대체 뭘까? 정말 아파서 우는 건지 겁이 나서 우는 건지, 나는 초조했어. 우리 셋 중에 서아가 제일 용감하게 주사를 맞잖아. 저 겁도 없는 애가 뭣 때문에 우는 건지 정말 궁금했다고. 한참 한참 뒤에 나와서는 이번에는 또 다른 검사실로 갔어. 우린 서아의 벌개진 얼굴을 보고 멀겋게 서 있었어. 서아는 순순히 고모 손을 잡고 걸어 들어갔어. 우리를 돌아보고 또 돌아보면서 말이야. 갑자기 눈물이 쏟아지려고 했어. 서아가 얼마나 무서울까, 생각하니까 가슴이 아파 견딜 수가 없는 거야. 그런데 울면 안 되잖아. 내가 우는 걸 보면 교아도 울고 말 텐데, 절대 울어선 안 돼! 나는 교아 몰래 재빨리 눈을 비벼 닦았어.

서아는 여러 개의 검사를 마쳤어, 엄마. 모두들 녹초가 되었지. 수납하는 곳에서 병원 처방전을 넣으면 인근 약국에서 약을 지어 놓을 수 있도록 연결해 주는 키오스크를 봤어. 버스정류장이나 병원 주차장의 위치를 고려해서 약국을 선택할 수 있도록 만든 것이었어. 음식점에서 톡톡 눌러 음식을 주문하는 형태하고는 또 달라서 되게 흥미로웠지.

그러나 편리하고 새롭다는 생각만 잠깐 했을 뿐, 더는 아무 생각도 하고 싶지 않았어. 피곤해서, 어디로든 가서 빨리 쉬고 싶다는 생각밖에 없었어. 고모 부탁대로 나는 병원 정문에서 가장 가까운 약국으로 처방전을 전송했어.

표정 없이 들어가는 우리를 달뜬 억양으로 맞이하는 약국 사람들로부터 한 보따리의 약을 받았어. 얼굴에 바르는 약, 몸에 바르는 약, 꿀꺽 마시는 약, 꼴딱 삼키는 약, 찍 짜서 먹는 약, 그뿐이 아니야. 목욕할 때 쓰는 약까지, 정말로 어마어마하게 큰 보따리를 받았어. 한약을 지어올 때보다 더 큰 보따리를 받은 거야.

엄마, 우린 내일 집으로 돌아갈 거야. 그리고 한 달 뒤에 서아 치료를 받으러 이곳에 다시 올 거야. 고모가 우리 넷이 다시 오자고 하셨어. 다음번에 올 때는 검사가 없거나, 설령 있다고 해도 적을 테니까, 오늘 같은 고역은 겪지 않을 거래. 더 즐거운 여행이 될 거라고 장담하셨어. 우린 이곳 숙소에서 조금 더 쉬다가 야경을 보러 나가기로 했어. 아까 약국을 나온 우리는 잽싸게 택시를 잡아타고 이곳으로 왔거든. 오빠가 인터넷으로 예약해 놓은 여기! 방에 들어오자마자 아무렇게나 누워 잠을 잤어. 배고프단 생각도, 씻을 생각도 전혀 없이, 고단한 몸을 누이고 자버린 거야. 고모까지도. 몇 시간을 콜콜 자고 일어나서는 허둥지둥 밥을 먹으러 나갔어. 우리 동네서는 안 파는 것, 이색적인 것, 희한한 것, 군침 도는 것, 친구들에게 자랑할 만한 것! 이런 음식은 찾을 새도 없이 눈에 보이는 첫 번째 집으로 들어가서 배불리 먹었어. 뭘 먹었냐고? 평소 우리가 늘 먹던 된장찌개와 늘 보던 반찬 몇 가지. 그렇지만 엄마, 얼마나 좋았나 몰라. 웃고 떠들며 밥을 먹었어.

우린 숟가락을 달그락거리며 참 많은 이야기들을 나눴어. 나는 서아 약이 너무 많다고 했어. 하루에 먹어야 하는 양이 많은데 이렇게 많은 약을 먹어도 되냐고 말이야. 서아는 병원에 아픈 사람들이 너무 많다고 했어. 교아는 서아에게 검사하는 게 아팠냐고 물었고, 고모는 아토피란 참으로 잔인하고도 가엾은 병이라고 했어. 왜요? 내가 물으니 고모가 설명을 하셨어. 엄마 들어봐. 우리 몸에는 면역체계라는 게 있대. 바이러스나 세균, 곰팡이, 기생충 등이 몸에 침입하는 것을 막으려고 말이야. 이런 것들이 몸에 들어오면 건강한 면역체계는 무엇이 내 몸이고, 무엇이 내 몸이 아닌지를 구분해 낸대. 그리고 내 몸이 아닌 것 중에서 해로울 가능성이 있는 외부의 것, 그러니까 나쁜 세균이나 곰팡이들을 공격하기 시작해. 나쁜 놈들을 몽땅 몰아내면 몸은 다시 건강해지는 거지. 그런데 이 면역체계가 병이 들면 어처구니없는 일들이 벌어진다는 거야. 밖에서 들어온 나쁜 놈들만 골라서 공격해야 하는데, 자기 자신을 외부의 적으로 오인해서 공격을 퍼붓는 거지. 이 나쁜 놈 죽어라, 하고 창을 찔렀는데 사실은 그게 자기 자신이래. 또 어떤 면역체계는 과민하대. 엄마, 견문발검이라는 고사성어 있잖아. 아마 그런 건가 봐. 한낱 모기를 잡으려고 큰 칼을 빼 드는 건 적절치 못한 대응이라고 했잖아. 그것처럼 이 과민한 면역체계는 조금만 공격해서 적을 몰아내면 되는데 엄청나게 흥분해서 마구 창을 찔러댄다는 거야. 그러다 자신의 정상적인 세포들까지도 모두 다치게 만드는 거지. 고모가 잔인한 병이라고 한 건 바로 이런 걸 말한 거였어. 자신을 지키려고 했는데 결국은 자신을 해치는 병. 자신이 자신인지조차 구분하지 못하는 병, 그래서 가엾은 병. 우리 서아가 아픈 것도 바로 이거래. 서아의 면역체계가 병이 들어서 자신을 제대로 보호하지 못해서 그런 거래.

고모 얘길 들으면서 서아가 많이 침울했어. 그렇지만 고모가 걱정할 거 없댔어. 많이 먹고 많이 뛰고 많이 자면 면역체계가 긴장을 풀 거라고 했어. 지금은 요놈들도 잔뜩 겁에 질려서 자꾸만 실수를 하고 있지만, 서아가 하루에 열 번씩만 하하 웃으면 요놈들도 편안해질 거래. 그러면 남들처럼 정확하고 필요한 만큼의 일만 하게 될 거래. 서아가 쓱 눈물을 닦으면서 고개를 끄덕끄덕했어. 그렇게 하겠다고 말이야.

고모가 우리 셋을 번갈아 보시면서 이렇게 말씀하셨어. 강아야, 서아야, 교아야, 너희는 병든 면역체계처럼 자신을 괴롭히면 안 돼. 자기 자신이 누구인지도 모른 채 의심하고 두려워하며 날카로운 칼끝으로 제 가슴을 찔러대는, 그런 어리석은 사람이 되어서는 안 돼.

엄마, 난 고개를 크게 끄덕였어. 고모 말씀이 무얼 의미하는지 진심으로 알겠더라고.

18. 초아야, 우리가 왔어.

엄마, 오늘은 정말 행복한 날이야. 정말 정말 행복한 날이야. 엄마도 만나고! 우리 초아도 만나고! 엄마 옆에 우리 초아 사진도 붙여놓고 왔어. 알고 있지, 엄마?

이틀 전에 내가 초아 얘길 꺼냈을 때 아빠 반응은 말도 못해. 요즘 우리 말로 동공에 지진이 난 것 같았다니까! 나는 얼른 일어나서 냉커피를 한 잔 타다 드렸어. 아빠가 제일 좋아하는 거. 아빠가 고맙다고 하셨어. 묵묵히 커피잔을 잡고만 계시던 아빠가 다시 고맙다는 말씀을 하셨어. 난 알 수 있었어. 첫 번째 '고맙다'는 커피를 가리키는 것이었고, 두 번째 '고맙다'는 초아와 관련된 모든 것을 이해해줘서 고맙다는 뜻이라는 걸. 아니 어쩌면 순서가 그 반대일지도 모르지만 어쨌든 아빠는 점차 편안함을 찾아가고 있었어. 아빠가 감춘 것에 내가 원망을 드러내지 않아서 고마워하는 것일 수도 있겠다고 생각했어. 아니면 더는 숨기지 않아도 된다는 안도감에 고마워하는 것일 수도 있을 거야. 또는 아빠가 염려했던 것과는 달리 우리가 꿋꿋한 표정으로 이 모든 것을 받아들이는 것에 고마워하고 있는 것인지도 몰라.

아빠는 그것이 무엇이든 더 이상 숨길 수 없다는 듯한 표정을 지으셨어. 아니, 지금 이때야말로 모든 것을 고백해야 한다는 듯 마른 입술을 깨물며 말씀을 시작하셨어.

"초아는… 점차… 회복되고 있다. 많이 좋아졌지. 어려운 고비를 넘기고, 또 넘겼단다."

이 말을 들으니까 눈시울이 뜨거워졌어. 우리 초아가 혼자서 얼마나 힘들었을까 싶으니까 목구멍 끝이 타는 듯이 아파왔어.

"초아가 대단해……."

서아가 간신히 말을 했어.

"그렇지? 우리 막내 대단하지?"

아빠가 빙그레 웃으면서 커다란 눈에 힘을 콱 주는 거야.

"그럼! 그러니까 초아지. 뛰어넘을 초, 초아."

막내가 태어나고 며칠 뒤 아빠가 막내에게 '초아'라는 이름을 불러주면 어떻겠냐고 했을 때, 우리는 깜찍한 이름이라고 좋아했어. 아빠가 '뛰어넘을 초'라는 한자를 가져오며 어떤 염원을 가졌는지 이때야 알게 된 거야.

아빠는 우리 이름자마다 我(아)를 쓰셨어. 어릴 적 어느 땐가 한자를 익히고 나서, 내 이름이 '굳세다 강'자에 '나 아'더라고 배운 자랑을 했어. 그때 아빠는 我 가 '나'를 가리키기도 하지만 '우리'라는 의미를 담고 있다고 가르쳐주셨어. 그리고 내가 '나 아'가 아닌 '우리 아'로 기억하기를 바란다고 하셨어. '굳세다 서'자를 쓴 서아의 이름 역시도 '굳센 우리'라는 뜻을 가졌다는 것을 알게 됐고, 교아가 태어났을 때도 아빠는 다시'굳세다 교'자에 '우리 아'자를 써서 이름을 지었어. 중학교 들어와서던가, 내가 아빠한테 자식들 이름이 왜 전부 '굳센 우리'냐고, 아빠는 '굳세다'는 글자와 '우리 아'자밖에 모르냐고 물었어. 친구들 이름처럼 예쁘고 귀한 이름이 아니라, 딱딱하고 중성적인 데다가 우리 셋 이름의 뜻까지 똑같은 것에 서운한 마음이 들었던 거야. 아빠는 하하하 너털웃음을 터트리면서 통일성 있어서 좋기만 하다고 하셨지. 지금까지는 우리 이름에 담긴 뜻을 다시 새겨볼 기회가 없었는데, 오늘 초아 이름을 들으면서 아빠가 우리에게 바랐던 것이 무엇이었는지 희미하게나마 알 것 같았어.

"그런데 얘들아……."

우린 조용히 아빠 말씀을 기다렸어.

"초아는 팔이나 손가락을 움직이지 못할 수도 있다. 걷지 못할 수도 있고."

짧은 침묵이 흘렀어.

"걱정하지 마, 아빠!"

내가 명랑하게 소리쳤어.

"얼마 전에 텔레비전에 나왔어. AI가 달린 보행 로봇을 입고 걸으니까 계단도 척척 올라가던걸. 아무 걱정하지 마. 웨어러블 로봇 기술이 계속 발전하고 있대. 우리 초아가 클 때는 더 진보할 테니까 가볍고 안전한 것들이 만들어질 거야."

"웨어러블이 뭐야?"

서아가 물었어.

"웨어러블은 '입다'라는 뜻이야. 로봇인데 옷처럼 몸에 껴입는 거지. 몸을 지탱하는 골격이 곤충처럼 몸 바깥에 있다고 해서 외골격 로봇이라고도 한대. 여기에 인공지능이 장착되는데 이게 주변을 다 파악한다는 거야. 그래서 걸음을 걸으면서 장애물을 피하게 해준대. 계단도 척척 올라가고. 내가 돈 많이 벌어서 초아한테 이 로봇 옷을 사 줄게."

나는 로봇에 전문가라도 된 것처럼 떠들었어.

"그래, 아빠, 그렇게 하면 되겠네!"

명쾌한 해결 방법을 찾았다는 듯 동생들의 얼굴에도 웃음이 퍼졌어.

"고맙다… 큰딸."

"당연하지!"

나는 어깨를 으쓱하며 또롱또롱 눈을 굴리고 있는 교아를 향해 손바닥을 펴들었어. 그러자 교아가 알아차리고 힘차게 하이파이브를 했어.

"그리고…"

아빠가 다시 말을 이으셨어.

"초아가 말을 하지 못하게 될 수도 있대."

"말을 못 한다고?"

"아직 단정할 수는 없지만… 그렇게 될 수도……."

"누가 그래?"

"MRI를 찍었지. 머리를. 엄마한테 사고가 나는 순간부터 얼마 동안 초아한테 산소공급이 안 됐대. 그래서 언어나 운동을 담당하는 부분이 많이 다친 거야."

"아빠, 아빠, 그건 걱정 마!"

서아가 벌떡 일어섰어.

"내가 수화 배웠잖아. 노래에 맞춰 수화했던 거 알지? 작년 학예회 때 아빠도 봤잖아. 나 그거 잘해. 내가 초아한테 수화를 가르쳐주면 되지!"

"그래 아빠! 서아가 가르쳐주면 되겠네!"

내가 손뼉을 짝짝짝 쳤어.

"아빠, 나는 해먹을 태워줄게."

이번에는 교아였어.

"초아 오면 내 해먹에 태워서 내가 매일 놀아줄게."

나는 우리 집 우리 방에 걸어 놓은 교아의 해먹을 떠올렸고, 그 위에서 흔들흔들 까르르 웃는 초아를 상상했어. 우리 셋은 약속이라도 한 듯이 다시 손뼉을 쳤어. 좁다랗게 열린 창문으로 한 떼의 바람이 몰아쳐 들어온 듯 가슴이 시원해지는 것 같았어. 근심스러운 것들이 하나하나 해결되어 가는 안도감에 우리는 정말 기분이 좋아졌어.

"그리고 아빠, 초아가 회복될 수 있잖아. 우리가 자라면서 팔도 이렇게 길어지고 다리도 길어지고 머리도 커지잖아. 맞잖아, 아빠? 그러니까 초아 뇌세포들도 다시 자랄 수 있잖아."

내 말에 서아와 교아가 고개를 힘차게 끄덕였어. 아빠가 동생들 머리를 쓰다듬으며 빙긋이 웃으셨지. 이렇게 해서 아빠와 우리들의 대화는 끝이 났어. 그리고 동생을 빨리 보고 싶다는 우리들의 성화로 초아를 만나는 그 감격의 날이 바로 오늘로 잡혔던 거야.

조심하다 못해 경건한 자세로 초아를 만났어. 당당하게 보호자출입증을 목에 걸고 우리는 깨끗하고 꼼꼼하게 소독을 한 다음 번갈아 초아를 만났어. 살결이 곱다고 자랑해서 그랬는지 서아는 손가락으로 초아의 살을 천천히 매만졌대. 진짜네! 이러면서. 자기처럼 갈라지고 부스럼이 앉고 진물이 흘러나오는 피부가 아니어서 정말 다행이라고 생각했을 거야. 교아는 벙글벙글 웃으면서 연신 말을 해댔어. 배가 볼록하다는 말도 했어. 머리카락이 갈색빛이 난다고도 했어. 갈색이라고? 이상하지, 엄마? 분명 검은색이었던 것 같은데? 내가 또 허투루 봤던 가봐. 당연히 머리칼은 검다, 라고 무심코 넘긴 게 틀림없어. 아, 이런 나쁜 버릇은 정말 고쳐야 하는데, 이러니까 선생님들이 자꾸 꾸중을 하시나 봐.

교아가 근심스럽게 말했어.

"큰언니, 초아 가슴이 너무 헐떡거렸어. 숨을 너무 빨리 쉬어. 아직도 많이 아픈가 봐."

"아니야, 아픈 거 아냐."

서아가 나섰어.

"내가 [WHY?] 책에서 봤는데 작은 동물은 큰 동물에 비해서 상대적으로 더 큰 호흡률과 심박동 수를 가진대. 사람도 똑같대. 아기들은 우리한테 비해서 숨도 더 많이 쉬고 심장도 더 빨리 뛰어."

"진짜?"

"맞다니까!"

"진짜?"

"내가 분명히 그 책에서 봤어."

확신에 찬 서아를 보며 우리는 안심했어.

엄마, 초아와 만난 건 정말로 짧은 시간이었지만 우린 즐거웠어. 너무너무 행복했어. 우리가 초아를 만나고서 가장 많이 썼던 말은 '우리 동생'이었어. 우리 동생이 어쩌고저쩌고, 또 우리 동생이 어쩌고저쩌고. 우리는 초아한테 빨리 퇴원해서 집에 왔으면 좋겠다고 속삭여줬어. 안아주고 업어주겠다는 약속도 했어. 내가 폴라로이드 카메라로 이렇게 사진도 찍었어. 엄마도 우리 초아 보고 싶어 하니까 말이야. 웅- 하고 사진이 빠져나오는 소리에 간호사 선생님이 인상을 팍 썼지만, 꾸중은 하지 않으셨어.

엄마, 엄마도 좋지? 우리가 이렇게 좋아하니까 말이야. 교아도 울지 않으니까 정말 좋지? 엄마 걱정하지 마. 우린 다 좋아질 거야.

널 알게 된 이후 ya 내 삶은 온통 너 ya
사소한 게 사소하지 않게 만들어버린 너라는 별
하나부터 열까지 모든 게 특별하지

그저 널 지킬 거야 난

Listen my my baby 나는
저 하늘을 높이 날고 있어

그때 네가 내게 줬던 두 날개로

엄마, 난 전부 기억해. 엄마가 우리 막내를 가지면서 얼마나 행복해했던가를. 또 병원에서 노산이라고, 40세가 넘어서 아기를 낳는 일이 위험하다고 한 뒤로, 앞을 보고 조심조심 뒤를 보고 조심조심 말랑한 두부 위를 걸어가듯 하라는 고모 말씀처럼 예정일을 앞둔 그 마지막 순간까지도 조심했다는 것을 알고 있어. 아니, 그 마지막 순간까지도 우리 막내를 건강하게 지켜냈다는 것을 알고 있어. 막내의 심장은 힘차게 뛰었고, 버둥버둥 발길질을 하며 밖으로 나가겠다고 투정을 부렸어. 가문에 없는 축구 선수가 나오겠다며 아빠가 웃었던 것도 기억해.

엄마, 우리 방엔 '엄마 병원 가는 날'이라고 동그라미가 그려진 달력이 그대로 있어. 그다음 날에는 '동생 태어나는 날'이라고 동그라미를 쳤지. 우리는 엄마가 병원에 가서 예정대로 그다음 날에 동생을 낳을 거라는 기대감밖에는 없었어. 설레고 흥겹고 들떠 있었지. 아기를 낳고 며칠 후 돌아올 엄마를 대신해서 고모가 돌보아주기로 하셨으니까 우리는 연습이 잘 된 훈련병처럼 각자 자신의 겉옷과 속옷, 양말 몇 가지를 가방에 담아 나왔어.

그런데!

다음날 청천벽력이 떨어졌어. 맞아, 엄마, 그건 청천벽력이었어. 맑은 하늘에서 느닷없이 떨어지는 날벼락이라는 말 말고 그 어떤 말이 적합하겠어? 아무 문제 없어요. 산모와 아기 모두 최상의 상태예요. 산부인과 병원에서는 시간마다 태동검사를 했고 그때마다 양호하다는 말을 했다는데, 그런데, 왜, 엄마한테 그런 일이 일어난 건지 우린 정말 납득할 수 없었어.

앰뷸런스에 실려 대학병원으로 이송된 엄마를 쫓아 온 가족이 달려왔을 때, 아빠는 부들부들 떨고 있었어. 두려움에 휩싸인 채. 땀과 눈물로 얼룩진 아빠는 언젠가 주차장 진입로에 떨어져 자동차 바퀴에 이리저리 치여 짓뭉개진 인형 같았어. 고모부가 다그치며 수술이 어떻게 되어가냐고 물었어. 아빠는 수술실로 의사가 둘, 다시 의사가 둘, 또 의사가 둘 들어갔습니다. 라고 대답했어. 언제부터 수술을 했는데 지금까지도 수술을 하느냐는 고모의 급한 물음에는 도착하고부터 지금까지 계속 수술실에 있다고 대답했어. 고모는 울었어. 그때 나는 글자로만 보았던 '오열'이라는 단어가 이런 것인지 모른다는 생각을 했어. 우리를 껴안고, 우리 등을 쓸어내리며, 우리를 붙들고 목메어 우는 고모를 보면서. 울면서도 울지 않으려고, 울면서도 울음을 참으려고, 울면서도 숨죽이는, 고모를 보면서.

엄마, 그때부터 내 온몸의 감각은 달팽이의 더듬이 형상으로 자라 나왔어. 아니 달팽이의 그것처럼 연하고 무기력한 것이 아니라, 어떤 영화에서 보았던 외계인의 기다랗고 강력한, 그러면서도 무수한 촉수처럼 뻗어 나왔어. 그리고는 병원 내 모든 것들을 탐색하기 시작했어. 아빠의 형형한 눈빛에 담긴 고통과 고모의 마르지 않는 울음이 쏟아내는 불안. 냉기와 습기를 머금은 수술실 주변의 공기. 깊은 밤이 되기까지 꺼지지 않은 수술실 앞 모니터에 올려진 엄마의 이름. 지푸라기처럼 맥없이 걸어 나와 사라지는 선생님들……. 환자를 수술실에서 중환자실로 옮겼습니다. 다소 건조하고 명료한 어조로 수술 후 결과를 안내했던 간호사의 눈길에 담긴 끈적끈적한 연민. 초록색 수술복에 검은 핏자국을 묻히고 느린 걸음으로 다가와, 제가 주치의입니다. 우리는 최선을 다했습니다. 우리 병원 최고의 선생님들을 모두 투입하였습니다. 이제 환자가 그 의지로 일어나기를 기다릴 뿐입니다. 환자를 믿을 뿐입니다. 라고 말하던 선생님. 그리고 한동안 우리 가족에게만 통제된 중환자실. 환자가 안정을 취해야 합니다. 기다리십시오. 생경한 기계음들. 기다리십시오. 보호자 한 분만 여기 계시고 댁에서 기다리시는 게 좋겠습니다. 환자가 의식을 회복할 때까지 기다리십시오…….

해파리의 그것처럼 하늘하늘 자라 나온 내 촉수들이 모아들인 정보는 이렇게 알려주고 있었어. 울지 마. 엄마가 깨기를 기다리기만 하면 돼. 엄마의 자궁이 풍선처럼 터져 너덜너덜해졌다지만 엄마를 기다리기만 하면 돼. 그 너덜너덜해진 자궁을 적출하는 과정에서 방광이 터지고 줄기 굵은 동맥이 손상되었다지만 엄마를 기다리기만 하면 돼. 엄마 몸을 이루고 있는 붉은 혈액의 거의가 다른 이들의 혈액으로 대체되었다지만 엄마를 기다리기만 하면 돼. 그러니 바보처럼 울지 마. 엄마가 깨기만 기다리면 돼.

엄마, 우린 괜찮아. 엄마가 우리 곁에 와주기만 매일매일 기도하고 있어. 이렇게 엄마 다리를 주무르고, 엄마 팔을 주무르면서, 엄마한테 우리들의 이야기를 들려주면서… 엄마가 우리들의 목소리를 듣기 바라면서…….

엄마, 우리들 걱정은 하지 마.

서아도, 교아도, 초아도, 내가 지킬 거니까!

19. 교아의 방과 후 교실

엄마, 오늘은 교아가 교실 풍경을 만들어 왔어.

아, 참, 내가 엄마한테 말을 안 했지? 맞아, 안 했던 것 같아. 지난번에 교아는 방과 후 교실을 신청했는데 공예반에 다녀. 점토와 나무, 종이, 코르크판 등 여러 가지 재료로 다양한 것들을 만들어 와. 지난주에는 경찰서를 만들었어. 모형 벽돌로 경찰서 건물을 짓고 그 앞에 클레이로 경찰차를 만들어 세웠는데, 반은 동그랗고 반은 네모진 게 이게 경찰차다 싶으니까 경찰차로 보이는 거지 고것 하나만 떼어놓고 뭐냐고 물으면 전혀 알아볼 수가 없겠더라고. 그런데도 고모는 고 조막손으로 이걸 주물러 만들었구나! 감동, 감동을 하셨어.

그 앞 주에는 목마를 하나 만들어 왔어. 나무로 된 말 모형에 색칠을 하고 클레이로 안장을 만들어 얹고 형형색색의 작은 유리알을 박아 장식을 했는데, 빨간 안장이 얼마나 요란스러웠나 몰라. 그런데 오빠가 그 작품을 들고 [목마와 숙녀]라는 시가 생각난다며 읊조리는 거야. 목마는 하늘에 있고 방울 소리는 귓전에 철렁거리는데 가을바람 소리는 내

쓰러진 술병 속에서 목메어 우는데……. 뮤지컬 배우처럼 팔을 쳐들고 요상하고 부자연스러운 말투와 몸짓을 하는 통에 우리가 전부 깔깔거렸어.

또 그 앞 주에는 피아노를 한 대 만들어 왔었어. 그랜드 피아노처럼 뚜껑이 열리고 태엽을 돌리면 멜로디가 흘러나와. 진심 그건 좀 멋졌어. 나무로 된 작은 부품들을 하나씩 붙여서 완성했는데, 교아 집중력이 대단하다고 내가 그땐 엄지손가락을 추켜세웠지.

오늘 만들어 온 건 그냥 평범한 교실이야. 인테리어로 노란 비행기 모형 하나를 올려놓았고, 서아나 좋아할 만한 책이 양쪽으로 가득한 그런 교실. 그런데 엄마, 웃긴 건 책상마다 교과서가 하나씩 놓여 있는데 이 교과서들이 전부 책상보다 큰 거야. 내가 책상보다 더 큰 책이 어딨냐고 핀잔을 줬더니 뾰로통해서 눈을 흘기잖아. 고모부도 이게 뭔가 한동안 들여다보시더니 딱히 하실 말씀을 못 찾았는지 머뭇머뭇하시다가 나중에서야 진짜 교실 같네, 딱 우리 학교 다닐 때 그 교실이네. 이러시며 방으로 쏙 가시는 거야. 하하하, 엄마, 진짜 웃기지? 책이 너무 커서 고모부도 당황했던 게 틀림없어. 그런데 교아 칭찬은 해줘야겠고 얼른 생각나는 말은 없고 그러다가 그만 고모부가 학교 다닐 때의 교실 모습과 틀림없이 똑같다는 생뚱맞은 소리를 하신 거야. 8살짜리 교아가 40~50년 전의 교실 모습을 제작했다는 말이 얼마나 웃겨? 하하하하, 진짜 교아 때문에 온 식구들이 창작의 고뇌에 빠져서 산다니까!

20. 다람쥐

오늘은 아빠가 고모 집에서 저녁을 먹었어. 고모가 굶고 다닌다고 반드시 집에 들어와서 밥 먹으라고 엄명을 내리셨대. 학원 수업을 다 마치고 11시가 넘어서 아빠는 식사를 하셨어. 푸석푸석한 얼굴에 살이 많이 빠져서 전체적으로 체구가 작아지셨는데, 그렇지만 아직도 배는 볼록해. 다른 데는 살이 안 빠지고 아빠 뱃살만 좀 빠졌으면 좋겠어.

우리는 졸졸이 식탁에 앉아서 아빠가 밥 드시는 걸 봤어. 아빠가 나한테 학교생활 어떠냐고 물으셨고 나는 선생님들 앞에서 조용히 지내고 있다고 했어. 얼마 전처럼 그런 일은 없을 거라고 차분히 대답을 했어. 그리고 친구들하고도 잘 지내고 있다고 아빠가 아직 묻지 않은 질문에 대한 답도 먼저 했어. 걱정하시지 말라고 말이야. 그러고 나서 잠시 조용해지는가 싶을 때 서아가 이렇게 말을 했어.

"아빠, 언니 친구가 언니 보고 다람쥐라고 놀렸대."

내가 서아를 향해 눈을 부릅뜨며 인상을 썼어. 아빠한테 왜 쓸데없는 말을 하느냐고 말이야. 아빠가 우리 둘을 번갈아 보셨어.

"언니가 배운 거 기억 못 하고 자꾸 까먹는다고 은주 언니가 그랬대."

엄마, 서아는 타고난 고자질쟁이야. 내가 며칠 전에 속상해서 저한테만 살짝 한 말을 그걸 아빠한테 일러바치면 어쩌자는 거야? 내가 다시는 저한테 뭐라고 하나 봐라. 입 가벼운 너랑은 다시는 상종 안 해. 나는 찌릿찌릿 1만 볼트의 독기를 담아 서아를 쏘아봤어.

"다람쥐라고 불렀다고?"

아빠가 숟가락을 든 채 고개를 갸웃하셨어.

"응, 다람쥐가 가을에 도토리를 주워다가 땅에 묻잖아. 겨울에 먹으려고 말이야. 그런데 걔가 멍청해서 자기가 어디에다 도토리를 파묻어 놓았는지 못 찾는대."

"그래?"

"응, 그래서 다람쥐가 까먹은 도토리가, 아니 먹었다는 게 아니고, 잊어먹은 도토리가 봄에 싹이 나서 큰 나무로 자란대."

"이상하네?"

아빠가 밥그릇에 남은 마지막 밥알을 긁어 드시고는 식탁에 숟가락을 내려놓았어. 교아가 얼른 정수기에서 물을 받아 아빠를 드렸지.

"아빠, 뭐가 이상해?"

우리는 아빠가 꿀꺽꿀꺽 물잔을 다 비우실 때까지 잠자코 기다렸어.

"아빠가 아는 다람쥐와 좀 다른데?"

"어떻게? 어떻게 달라?"

서아가 바짝 아빠 쪽으로 몸을 기울였어. 교아는 아예 아빠 옆으로 자리를 옮겼고.

"강아는 은주 때문에 속이 많이 상했어?"

"응, 언니가 화가 많이 났었어."

아! 엄마, 나 진짜 서아 싫어. '책충이글충이'가 아니라 이제부터 얘는 '확성기'야. 동네방네 내 소문을 떠벌리고 다닐 게 분명해.

"아니거든. 나 화 안 났거든."

"화났었잖아. 한 대 패주고 싶었는데 참았다고 했잖아."

"야, 너 조용히 안 해?"

아! 엄마, 서아 이걸, 진짜 이걸……. 나중에 아빠 가고 나면 진짜 한 대 때려 버릴까 보다. 나는 코를 벌름거리면서 입술을 콱 깨물었어.

“나는 다람쥐가 굉장한 동물이라고 생각하고 있거든.”

응?

아빠가 의외의 말씀을 하기 시작하셨어.

“그놈들은 대단히 똑똑한 동물이야.”

“똑똑하다고? 멍청하다고 했는데?”

서아가 잘난 척 또 나섰어.

“똑똑할 뿐만 아니라 앞날에 대한 계획이 있는 동물이지. 그래서 겨울을 날 준비를 꼼꼼하게 한단다. 또 부지런한 동물이야. 게으름 피우지 않고 일을 하지. 이 나무 저 나무 이 숲 저 숲을 누비면서 먹이를 모은단다. 누군가가 다람쥐를 멍청하다고 한다면, 그건 그 사람이 다람쥐에 대해 잘못된 판단을 내린 거야. 다람쥐라는 동물을 정확하게 보지 못해서 그런 편견이 생긴 거라고 봐.”

엄마, 우리는 아빠 이야기에 빠져들고 있었어. 아마 그때 누군가가 우리들의 눈을 보았다면 태양 빛에 반짝이는 유리알처럼 초롱초롱 빛났다고 했을 거야.

“다람쥐는 약 1만 개의 도토리를 저장한대.”

“1만 개? 그렇게나 많이?”

서아가 눈을 동그랗게 떴어. 만 개라는 숫자에 놀라기는 교아도 나도 마찬가지였어.

"대단하다! 그치, 언니? 그 쪼그마한 다람쥐가 어떻게 만 개나 모으지?"

"다람쥐 한 마리는 대략 1만 개 정도의 먹이를 모아서 자신의 은신처에 숨기지. 그런데 또 놀라운 건!"

아빠가 잠시 말을 끊었어. 우리는 다음 이야기를 들으려고 귀를 쫑긋, 했어.

"먹이를 한 곳에만 저장하지 않는다는 거야. 왤까?"

아, 이 순간!

이 순간……! 나는 어쩔 수 없이 아빠는 학원 선생님이라는 생각을 했어. 그냥 줄줄줄 이야기를 푸는 법이 없어. 이야기를 조금 하다가 멈춰. 집중하라고 말이야. 다시 얘기를 좀 하는가 싶다가도 난데없이 질문을 던져. 듣는 우리는 감질나고, 물론 아빠가 노린 게 이것일 테지만, 이야기 전개는 천천히 가서, 감질 정도가 아니라 도리어 팔딱팔딱 뛰게 만든단 말이야. 생판 모르는 남들도 아빠 얘길 들으면 영락없는 학원 선생님이라고 소리 할 게 뻔해. 어느 순간에서나 묻고 확인하는 습관은 아빠 몸에 밴 게 틀림없어. 직업병이야, 직업병! 그치, 엄마?

나는 좀 답답해하고 있는데 교아와 서아는 입을 쫑긋쫑긋 내밀고 있어. 서로 정답을 맞히고 말겠다는 기세로. 가소로운 것들! 이런 쉬운 답도 못 하고…….

"뺏길까 싶어 그러지 뭐."

나는 대수롭잖은 표정으로 대답했어.

"배고픈 멧돼지나 곰이 그걸 다 먹어버리면 다람쥐는 먹을 게 없으니까 ……."

"맞아!"

아빠가 고개를 끄덕하셨어.

"위험을 줄이는 거야. 다른 동물이 먹이 창고를 쓸어버리면 곤란하니까 여러 군데 분산해서 저장하는 거지."

그때 나를 보는 서아 눈이 언니 정말 대단한데! 라고 말하는 것 같았어. 뭐 이 정도야, 내가 어깨를 한번 으쓱 해줬어.

"그런데 저장을 하는 데에도 일종의 전략이 있어."

"전략?"

"너희 책상에 학용품 정리하는 거 생각해 봐. 연필은 연필꽂이에 따로 꽂고, 지우개는 지우개 통에 따로 두잖아?"

"맞아. 교아가 정리 하나는 끝내줘."

내가 교아를 향해 엄지손가락을 들었어.

"바로 그렇게 다람쥐가 먹이를 저장하는 거야. 같은 종류의 열매끼리 모아서 따로따로 두는 거지."

"진짜?"

서아의 목소리가 천장까지 올라갔어.

"진짜 놀라운 것은 그다음이야."

아직도 놀랄 일이 남았다니!

"그 1만 개의 먹잇감 중에서 다람쥐가 숨겨놓은 곳을 기억하고 찾아 먹는 먹이는, 약 3천 개!"

"헉!"

"이 세상에 있는 그 어떤 사람도, 그 어떤 천재도, 숨겨놓은 3천 개의 도토리를 찾아내지는 못할 것 같지 않니?"

우리 셋은 일시에 고개를 끄덕끄덕했어

"그야말로 다람쥐가 아니면 할 수 없는 일이지."

줄무늬 부수수한 털을 세운 채 앞발로 도토리를 쥐고 서 있던 다람쥐. 열매를 물어 볼록해진 주둥이로 나무를 타고 오르던 다람쥐. 그 앙증맞고 작은 동물은 귀엽고 깜찍한 이미지에서 벗어나 바야흐로 천재적인 능력을 지닌 숲의 전략가로 변모하고 있었어.

"강아야, 내일 은주 만나면 당당하게 얘기해 줘라."

"어떻게?"

"내 평생 들은 찬사 중에 이보다 더 큰 찬사는 없었다고 말이야. 다람쥐같이 부지런하고 계획적이고 똑똑한 동물에 나를 빗대어 주어서 고맙다고 말이야."

앗싸!

엄마, 아빠 얘기를 듣고 나니까 속이 후련했어. 은주 그 못된 것이 팔짱을 끼고 새초롬하게 말하는 모양이 자꾸 떠올라 미칠 것 같았는데, 저 잘나고 나 못났다고 내뱉은 말이 결국은 제 무식을 드러내는 것이었어. 흥, 제대로 알지도 못하면서! 아이, 얄미운 것! 얼마나 고소한지 몰라. 내일 꼭 은주한테 3천 개의 도토리 얘길 해줄 거야. 아마 그 똑똑이는 잠깐 당황스러워하다가 금세 표정을 바꿔서 먹이를 30%밖에 못 찾아내니까 다람쥐가 멍청한 게 맞다고 계속 우기겠지? 걔는 자기 유리한 대로 말 바꾸는 데 귀재거든. 그러면 내가 꼭 한소리 뱉어줄 거야. 10개 숨겼다가 3개 찾는 것도 30%야. 하지만 다람쥐는 레벨이 다르잖아! 레벨이! 어때, 엄마? 이렇게 하면 되겠지? 내가 코를 납작하게 눌러주고 올게, 하하, 신난다!

그리고 아까 아빠가 하신 얘기도 해 줄 거야. 사람들이 다람쥐를 정확하게 알지 못해서 편견이 생긴 거라고 하셨잖아. 그래서 이렇게 말해 줄 거야.

"내가 보고 있는 대상이 어떠어떠하다, 라고 설명하려면 정확하게 살펴보는 것부터 해야 하는 거야. 겉핥기식으로 대충 보고 말하면 필연적으로 오류가 생길 수밖에 없어."

어때 엄마? 근사한 문장이지? '설명하다'라는 단어보다 '정의하다'라는 단어로 바꿔볼까? 그러면 한층 더 수준 있어 보일 것 같지 않아? 아휴~, 시원해. 내일 멋지게 복수하고 돌아올게. 안녕 엄마~♡♥

21. 인터뷰

국어 수행평가를 해야 해. 내 주변 사람 중 한 사람을 골라서 인터뷰를 하면 되는 거야. 국어 선생님이, 인터뷰 대상자의 생생하고 솔직한 경험과 가치관을 들으면서 그를 이해해 보는 게 이번 수행평가의 과정이자 목표라고 하셨어. 이런 수행평가는 처음이라서 되게 기대가 돼. 재밌을 것 같아. 인터뷰 대상자로 누가 좋을까? 궁리를 하자마자 곧장 오빠로 낙찰! 우선 편안하고, 시간 여유도 많으니까. 또 어른들보다는 좀 덜 쑥스러울 것 같아. 사실 그렇잖아, 엄마. 매일 같이 밥 먹고 같이 얘기할 때는 아무렇지도 않은데, 기자처럼 질문을 하고 그 형식에 맞게 어른들의 답변을 들어야 한다는 게 좀… 오글거리기도 할 것 같단 말이야. 재미있겠다는 기대감이 큰 것도 사실이지만……. 어쨌든 좀 그래.

대상자를 고른 다음에는 질문지도 만들어야 하는데, 어떤 걸 물으면 좋을지 구상하느라 한참이 걸렸어. 서아하고 교아한테 질문지 작성하는 데 의견 좀 내놓으라고 했더니 좋은 아이디어를 몇 개 줬어. 교아는, 오빠가 왜 선생님이 되려고 하는지 물어보래. 이 말을 들은 서아는, 그러면 오빠가 어떤 선생님이 되고 싶은지 물어보자고 했어. 그리고 서아가 한 가지 더 의견을 냈어. 오빠가 책을 되게 좋아하잖아. 감명 깊게 읽은 책이나 좋아하는 작가를 물어보자는 거야. 이거 괜찮지?

그리고 엄마, 인터뷰 질문으로 어떤 게 좋을지 아이디어를 얻으려고 인터넷 검색을 했거든. 거기서 이 질문을 가장 많이 봤어.

'당신이 가장 행복했던 순간은 언제입니까?'

이 문장을 처음 딱 쳐다보는 순간, 나는 평이하고 시시한 질문이라고 생각했었어. 그런데 막상 내가 답변을 해보려고 하니 어물어물 답을 할 수 없는 거야. 여러 가지 추억들이 한꺼번에 쑤욱 떠올랐고 이내 그것들은 머리 위에서 커다란 테를 이루며 빙빙 떠다니기 시작했어. 마치 토성의 고리 속에 든 위성들처럼 말이야. 어느 것을 잡아서 가장 행복했던 순간이라고 해야 할지 막막하기까지 했어.

그래서 오빠한테 이 질문도 해 볼까 해. 뭐든지 척척 대답하는 오빠이지만 주저하지 않고 대답할 수 있을까? 오빠가 만약 머뭇거리고 망설인다면 우리는 뜻밖의 장면에 하하하, 웃게 되겠지? 오우, 기대가 커.

그리고, 인터뷰의 마지막 질문으로는 이걸 물을 거야.

'인터뷰어를 포함한 고성여자중학교 학생들에게 마지막으로 하시고 싶은 말씀은 무엇인가요?'

여기저기 동영상을 많이 찾아봤는데, 전부 다 이 질문을 마지막에 하더라고. 일종의 관례 같은 건가 봐. 그래서 나도 질문에 포함했지. 짜잔! 이렇게 해서 모든 준비가 끝났어.

참, 그리고 오빠가 본격적인 인터뷰 들어가기 전에 인터뷰어가 자기소개를 하면 좋겠다고 했어. 그다음에는 인터뷰 대상자를 소개하고, 이번 인터뷰를 왜 진행하게 됐는지, 그것의 목적이 뭔지 그런 것도 간단하게 언급하면 좋겠다고 했거든. 국어 선생님은 그런 얘길 안 하셨지만 오빠가 충고한 대로 원고를 준비했어. 한번 들어볼래, 엄마?

안녕하십니까? 고성여자중학교 3학년 김강아입니다. 오늘 제가 인터뷰를 요청한 분은 사범대학을 다니다 현재 사회복무요원으로 국방의 의무를 다하고 계신 하선호 씨입니다. 이 자리에서 하선호 씨의 진솔한 인생 이야기를 듣고자 합니다.

어때, 엄마? 괜찮아?

그리고 이다음에는 국어 선생님께서 하신 말씀도 넣으려고 해.

하선호 씨의 경험과 그 경험을 통해 얻은 하선호 씨의 가치관을 들려주신다면 한창 성장하고 있는 우리 학생들에게 좋은 배움의 기회가 되리라 믿습니다.

어때? 이 정도 하면 오빠가 퇴짜는 놓지 않겠지?

저녁을 먹고 우리는 식탁에서 다시 만났어. 오빠는 옷을 깔끔하게 갖춰 입고 나왔어. 넥타이는 매지 않았지만 와이셔츠에 양복바지를 입고 떡하니 앉는 거야. 갑자기 미심쩍은 생각이 들었어.

"오빠, 어디 가?"

"아니."

"그런데 왜?"

나는 오빠가 나랑 숙제한다고 해놓고 어디를 가려는가 싶어서 내심 섭섭해지려고 하던 차였어.

"평생 처음으로 인터뷰 요청을 받았잖아. 다시없을 영광 앞에 후줄근하게 나타날 순 없지. 자, 교아야, 어때? 멋져?"

오빠 대답에 나는 깜짝 놀랐어. 그대로 빨딱 일어나서 방으로 달려갔어. 오빠가 저토록 단정한 차림새로 나타났는데, 인터뷰 진행하겠다는 인터뷰어가 파란 땡땡이 잠옷을 입고 있을 순 없잖아. 나는 순식간에 옷을 갈아입고 식탁으로 갔어.

서아와 교아가 히죽 웃으면서 나를 쳐다봤어. 내가 없는 사이 오빠가 또 나를 두고 뭐라고 한 게 틀림없어. 비밀을 간직한 자들의 재미나고 은밀한 웃음을 주거니 받거니 하고 있었지만, 숙제가 급했기 때문에 캐묻지 않고 모르는 척했어.

"인터뷰어께서는 시작하시지요."

의자에 앉자 오빠가 나를 향해 점잖게 말을 건넸어. 그렇다면 나도 성숙한 자세로 받아줘야지!

"음, 음."

목청부터 가다듬었어.

그리고 얼른 핸드폰 녹음 버튼을 눌렀어.

"안녕하십니까? 고성여자중학교 3학년 김강아입니다……."

의젓하게 인터뷰의 서문을 열었어. 그런데 그때 오빠가 핸드폰을 눌러 녹음을 껐어.

"왜? 녹음도 해야 한단 말이야!"

순간 내 목청이 쨍하고 높아졌어.

"인터뷰어는 면담 대상자에게 양해를 구한 뒤 녹음을 해야 합니다."

오빠의 근엄함에 서아와 교아가 재미있다며 깔깔 웃었어.

"처음부터 다시 하시지요."

아이참, 그냥 대충 하면 될 텐데 오빠는 왜 이렇게 까다롭게 구나 몰라.

"알겠어."

그리고 오빠가 가르치는 대로,

"오늘 인터뷰를 허락해 주셔서 감사합니다. 죄송하지만 인터뷰 과정을 녹음해도 될까요?"

"예, 그렇게 하십시오."

휴-. 이렇게 해서 마침내 인터뷰 숙제를 시작할 수 있게 됐어.

"안녕하십니까? 고성여자중학교 3학년 김강아입니다……."

22. 한 그루의 나무가 되라고 한다면

한 그루의 나무가 되라고 한다면 나는 산봉우리의 낙락장송보다 수많은 나무들이 합창하는 숲속에 서고 싶습니다. 한 알의 물방울이 되라고 한다면 저는 단연 바다를 선택하고 싶습니다. 그리하여 가장 많은 사람들이 모여 사는 나지막한 동네에서 비슷한 말투, 비슷한 욕심, 비슷한 얼굴을 가지고 싶습니다.

엄마, 이건 오빠가 들려준 글이야. 신영복 선생님이 쓴 글이래. 우리가 인터뷰할 때 감명 깊게 읽은 책이나 좋아하는 작가를 물어보자고 했잖아? 내가 질문을 하자마자 오빠는 인터뷰 질문을 미리 알고 있기나 한 것처럼 줄줄 읊어댔어. 틀림없이 오빠는 달변가야. 사범대에 갈 게 아니었고 정치학과나 뭐 그런 데를 가서 정치인이 되었더라면 참으로 많은 사람들이 따르고 좋아했을 텐데……. 이건 방금 나 혼자서 해본 생각인데 나중에 오빠한테 진로나 직장을 바꿔볼 생각이 없냐고 한번 물어봐야겠어. 오빠가 주제넘은 충고라고 할지도 모르겠지만, 오빠가 잘하는 일을 한다면 더 훌륭

하게 되지 않겠어? 오빠가 생긴 게 좀 그래서 그렇지(쉿! 엄마, 이건 우리끼리 하는 말이야. 오빠가 들으면 언짢아하겠지만 사실 인물이 좀 빠지기는 하잖아?) 가치관 분명하겠다, 성품 반듯하겠다, 이런 사람이 지도자가 된다면 나라로서도 얼마나 좋은 일이야? 그치? 나중에, 오빠한테 진짜 진지하게 말해볼게.

엄마, 우리가 전에 국어 시간에 자유토론을 한 적이 있었거든. 자신의 진로를 결정할 때 말이야, 잘하는 일을 할 것인지, 좋아하는 일을 할 것인지, 그걸 선택하는 거였어. 물론 이건 순전히 개인의 선택이니까 어느 것이 옳다 그르다 판결을 내는 문제는 아니었어. 이유와 함께 자신의 생각을 밝히면 되는 거였는데, 그때 상당히 많은 친구가 자신이 잘 하는 일을 택하겠다고 했어. 나는 뭘 선택했냐고? 부끄럽지만…… 그때 난 아무것도 결정하지 못했어. 친구들 말을 들으니 이것도 저것도 다 옳게 들리더라고. 엄마도 알다시피 난 특별히 잘하는 것도 없고 특별히 좋아하는 것도 없잖아. 친구들이 확신을 가지고 나는 잘하는 일을 하겠다, 나는 좋아하는 일을 하겠다, 당당하게 말하는데 나만 그러지 못했어. 친구들은 다들 저렇게 자신의 미래에 대해 고민도 많고 꿈도 많은데 나만 뭐 하는 건가 싶어서 울적하고 속상했어. 진짜 요만큼의 재주라도 있으면 잘하는 일을 하겠다고 큰소리를 쳤을 건데 그런 것도 없고, 관심 있는 분야라도 있으면 좋아하는 일을 해야 한다고 목청을 높였을 텐데, 어디 그런 게 있어야지. 잠자코 친구들 하는 얘기만 줄곧 들었지 뭐.

아! 그래! 다음에 오빠하고 얘기할 시간이 되면 이걸 물어봐야겠어. 잘하는 일을 할 것인지, 좋아하는 일을 할 것인지? 오빠는 뭐라고 그럴까? 어느 쪽을 선택할까? 하하, 재밌겠다, 그치, 엄마?

음……. 아니야, 아니야. 이건 좋은 생각이 아니야. 이걸 물었다간, 내 골치만 더 아파질 것 같아. 안 하는 게 좋겠어. 보나 마나 내 혼을 쏙 빼놓을 거야. 오빠 의견을 답하기는커녕 강아 네 의견은 어떠냐부터 시작하겠지? 주객전도라는 말처럼 질문자와 답변자가 뒤바뀌어 오히려 내가 청문회장에 선 사람처럼 질문 세례를 받게 될지도 몰라. 또, 혹시라도 내가 좀 전에 생각한 것, 그러니까 오빠가 잘하는 일을 했으면 좋겠어, 라는 말을 덜컥 꺼내놓는다면 신념이나 소신이 부재한 동생께서 권하실만한 내용은 아닌데요, 라며 설교를 해댈지도 몰라. 맞지, 엄마? 오빠하고 얘기하는 게 재미있을 때도 많지만, 이런 문제들은 패스, 패---스.

자, 엄마, 다시 인터뷰 얘길 해 줄게. 오빠는 신영복 선생님의 책을 다섯 번이나 읽었대. 똑같은 책을 다섯 번이나! 말도 안 돼. 같은 책을 왜 다섯 번이나 읽는다는 거지? 어쨌든 오빠는 읽을 때마다 새로워서 감동이 매번 다르대. 내가 인터뷰 끝나고 슬쩍 놀렸어. 오빠, 자꾸 까먹어서 책을 다시 보는 거지? 하하하! 하고 말이야. 그랬더니 옆에 있던 서아가 대뜸 쏘아대잖아. 오빠가 언니 같은 줄 알아? 이렇게 말이야. 오빠가 껄껄껄 웃어댔어. 까칠하고 못된 서아! 말을 예쁘게 할 줄을 몰라. 장난도 못 알아듣고 말이야.

내가 오빠한테 왜 '낙락장송'보다 '숲속에 있는 나무'가 되고 싶냐고 물었어. 아, 물론 숲속 나무가 되고 싶다는 건 신영복 선생님이었지만, 오빠가 이 선생님 생각에 공감하고 있으니까 이 구절을 좋아한다고 한 거 아니겠어? 오빠가 말하기를, 신영복 선생님은 서로가 서로의 일부가 되어 함께 살아가는 것을 우리 삶의 기본 전제로 두고 있다고 했어. 선생님은 독보적이고 우월한 삶을 원한 게 아니고 좁고 낮은 곳에 사는 사람들 속에서 인생을 그려 나가고 싶어 한댔어.

오빠 역시도 사회라는 숲속에서, 공동체라는 숲속에서 조화를 이루는 그런 삶을 살고 싶대. 내가 물었어. 돋보이고 손꼽히고 칭송받으면 얼마나 좋아? 최고라는 소리 듣고 으뜸이라고 인정받으면서 살면 정말 행복할 것 같은데? 사람들이 다 나를 향해서 환호하고 박수를 보낸다면! 오빠, 생각만 해도 멋지지 않아? 그렇지만 오빠는 그런 것에 별로 마음이 가지 않는다고 했어. 군계일학(群鷄一鶴)의 삶은 자기 능력에 닿지도 않고 어울리지도 않는 거래.

엄마, 오빠는 이 '낙락장송'과 '숲속의 나무'에 대해 오랫동안 생각했대. 곱씹고 되씹고 반추하기를 반복하다가 어느 날은 신영복 선생님과는 다른 해석을 내려봤대. 그게 뭐냐면, '홀로 우뚝하니 낙락장송으로 서 있어야 할 때가 있고, 숲속 나무로 어울려 있어야 할 때가 있다.'라고 말이야. 역사를 돌아보면, 고고한 낙락장송으로 살다 간 이들이 남겨놓은 발자취를 많이 볼 수 있대. 때로는 비장하고, 또 때로는 숭고하여, 우리의 감각을 일깨워주는 사람들이 있다는 거야. 마찬가지로 다시 역사를 더듬어보면, 홀로 위풍당당이 아니라 함께 손잡고 어울려 있었기 때문에 우리에게 감동과 교훈을 주는 사건들이 많대. 그래서 내가 물었어. 오빠,

그러면 그 '때'를 어떻게 알지? 지금이 낙락장송으로 서 있어야 할 때인지 손 맞잡고 나아가야 할 때인지 어떻게 알아?

그런데 엄마, 오빠가 뭐라는 줄 알아? 나 참! 오빠는 정말 이상한 사람이라니까. 종잡을 수가 없어. 글쎄 한다는 소리가, 여럿이 함께 가고 있으면 반드시 그중에서 낙락장송과 같은 사람이 드러나게 되고, 또 낙락장송과 같은 사람이 있기 때문에 많고 많은 사람들이 서로 의지하고 뭉치게 된대. 이게 대체 무슨 소리야? 정말 이게 가능하단 말이야?

엄마, 오빠의 철학은 한마디로 좀 난해해. 내가 어려서이겠지만, 그게 제일 큰 이유이겠지만, 오빠가 생김새하고는 다르게 호락호락 쉬운 사람이 아니라는 것은 틀림없는 사실이야.

23. 골 들어간다

엄마, 내가 전에부터 생각했는데 우리 고모부는 예지력 같은 게 있나 봐. 무슨 말이냐면 우리가 축구를 같이 보잖아? 그러면 고모부가 됐다! 혹은, 골이다! 이렇게 소리를 쳐. 그러고 나면 좀 있다 꼭 골이 터진단 말이야. 아, 물론 골이 안 들어갈 때도 있긴 해. 그렇지만 이상하지? 공이 골키퍼 근처에도 안 갔는데 골이 들어갈 걸 고모부는 어떻게 아는 걸까?

오늘도 그랬어. 나는 축구가 재미가 없어서 그냥 화면에 눈만 대고 있었어. 한창 재미나게 보고 계신데 내가 다른 데 틀어주세요, 말을 못 하잖아. 그래서 끝나기만 기다리는 거야. 그러면 초록색 잔디 위를 흰색 옷 입은 사람들과 빨간색 옷 입은 사람들이 뛰어다니는 게 보여. 쪼르르 왔다가 쪼르르 갔다가, 공이 씅씅 날아다니고 굴러다니는 걸 그냥 보고 있는 거야. 아무 생각도 없이, 말 그대로 무념무상 쳐다만 보고 있는 거지. 어느 순간, 갑자기 고모부가 비스듬히 누워있던 몸을 일으키면서 됐다! 짧으면서도 강하게 외쳐. 그 순간 정신이 확 돌아오면서 화면에 집중을 하게 되거든. 아니나 다를까, 역시나, 골이 들어가는 거야.

난, 진짜로 궁금했어. 고모부가 미리 알고 있었던 것처럼 골이다! 하고 외치니까 내가 예지력이 있나 보다 말을 하는 거지, 진짜로 고모부가 예지력이 있을 리 만무하잖아. 그런 것이야 영화 속에서나 등장하는 거지, 내 나이가 몇인데 그런 환상 같은 이야기를 믿겠어? 그래서 진지하게, 진심으로 진지하게, 여쭸어.

"고모부, 고모부는 골이 들어갈 걸 어떻게 알아요?"

그러니까 고모부가

"응?"

"해설자는 공이 들어가고 나면 골! 골! 이렇게 외치는데, 고모부는 공이 들어가기도 전에 골이다! 이렇게 하시잖아요. 공이 들어갈 걸 어떻게 알아요?"

"내가 골 들어갈 걸 어떻게 알겠냐?"

"아닌데요, 매번 공이 들어가기 전에 공이 들어갈 거라고 하시던데요?"

"그랬나?"

"예."

나는 고모부가 대답해 주시기를 기다렸어. 그런데 한참이 지나도 말씀을 안 하시는 거야. 계속 경기에만 집중하고. 그래서 축구 본다고 말씀하기 싫은가 보다고 생각했어. 이렇게 생각하고 나니까 살짝 서운한 마음이 드는 거야. 눈치도 없이 내가 괜히 방해를 하나 싶기도 하고. 그런데 그 순간 고모부가,

"봐라, 봐라."

이러시는 거야.

"저 선수가 중앙선에서 공 잡았지?"

어디 어디?

내 눈은 황황히 공을 가진 선수를 쫓았어.

"그렇지, 이쪽."

고모부가 힘주어 말하는 소리가 들림과 동시에 곧바로 공은 화면 아래쪽에 있는 선수에게 넘어가고 있었어.

"저쪽 47번이 공을 받는다."

누가 47번인지 모르겠지만 공은 다시 어떤 선수한테로 넘어갔어.

"잠깐!"

나는 숨을 멈췄어. 고모부의 '잠깐' 소리에 내가 왜 숨을 멈췄는지 모르겠지만 어쨌든 나는 눈알이 튀어나올 정도로 화면에 집중했어. 그 순간,

"아이고……."

고모부의 안타까운 탄성!

이건 골이 안 들어간다는 뜻이야.

"저, 저… 공을 달면 안 되지!"

몇 번 선수를 말하는 건지 몰라도 고모부는 흰옷 입은 선수 중 하나를 책망하고 있었어. 패스를 안 하고 공을 계속 가지고 있었단 뜻인가?

어? 듣고 보니 또 이상한 게 있네? 아까는 빨간 옷 선수들이 골을 넣었다고 좋아하셨거든. 그런데 이제는 흰옷 선수들이 골을 못 넣었다고 아까워하시잖아? 그래서 내가 또 여쭸어.

"고모부는 누구 편이에요?"

왜 이편저편을 다 응원하냐고 말이야. 그때 주심의 휘슬 소리가 들렸고 경기는 끝이 났어.

"편? 나는 편 없다."

"예?"

"편이 뭔 필요가 있나?"

"그래도 사람들은 자기가 좋아하는 팀 응원하고……."

"이기는 쪽이 다 내 편이다. 오늘은 이 팀이 내 편, 내일은 저 팀이 내 편. 월등하게 승리가 많은 팀도 있지만 어쨌든 돌아가면서 몇 번씩은 이기거든. 이기면 기분 좋고 다음에도 이기기를 바라지."

"그럼 고모부는 1등 하는 팀을 좋아하는 거예요?"

"아니, 1등 하는 팀은 마음이 안 가. 내가 응원 안 해도 이길 거니까."

"……?"

"지는 팀도 내 편이지. 오늘은 제발 4연패에서 벗어나라, 내일은 부디 6연패서 빠져나와라."

아! 엄마 나는 골치가 아파 왔어. 이건 또 무슨 말씀일까? 이기는 팀도 내 편, 지는 팀도 내 편, 경기에서 이기면 이겨서 기분 좋고, 경기에서 지면 다음에는 지지 말라고 응원을 한다니? 그것도 어느 특정 팀을 응원하는 게 아니고 축구팀 전부를 응원한다고? 나로서는 종잡을 수 없는 말씀이었어.

"왜 이상하냐?"

"예. 무슨 말씀인지 잘 모르겠어요."

"나는 축구가 좋다. 이기고 지는 것 말고, 그냥 축구가 좋아. 골을 만드는 게 좋아서 축구를 보는 거지."

"골을 만든다는 건 무슨 뜻이에요?"

"아까 골 들어가는 걸 어떻게 미리 아느냐고 물었지? 내가 골 들어가는 걸 알 턱이 있겠냐. 다만 골을 넣기 위해 선수들이 길을 만들어가는 과정을 보면 골이 되겠다, 안 되겠다, 확신이 드는 거다."

고모부가 리모컨을 눌러 텔레비전 볼륨을 낮추셨어. 내림차순을 보듯이 빠르게 변해가던 숫자는 마침내 0이 되었고 광고 속 사람들은 행복한 얼굴로 입을 벙긋거리고 있었어.

"축구는 조직력이다. 패스하는 과정이 결과를 낳는다. 미드필드에서 상대 진영 쪽으로 파고 들어가면서 선수들끼리 공을 주고받는 형태, 선수들의 움직임, 운동장 활용 능력, 이 모든 것들을 보면서 종합적으로 예측하는 거다."

엄마, 선수들끼리 공을 주고받는 형태나 선수들의 움직임이 구체적으로 어떤 것을 가리키는지는 몰라도, 적어도 고모부가 말씀하시는 맥락은 알아들을 것 같았어. 골을 결정짓는 몇 가지 요소들이 조직적으로 갖춰지면 바로 그때, 골이 들어간다는 말씀이잖아? 고모부가 계속 말씀을 이으셨어.

"더러는 재능 있는 선수들이 절묘한 기술로 상대편 선수들을 이리저리 따돌리면서 단독으로 골을 넣기도 한다. 손흥민 선수도 70미터를 내달리며 6명이나 되는 선수들을 제치고 멋진 골을 넣어서 팬들의 찬사를 받았지. 하지만 나는 그것 역시 팀 동료들이 받치고 있어서 가능했던 거라고 생각한다. 각 포지션마다 무게 있고 실력 있는 선수들이 제 역할을 다하고 있었기 때문에 손흥민이 실력을 발휘할 수 있는 기회가 만들어진 거지."

엄마, 우리도 손흥민 선수의 그 골을 같이 봤잖아? '잉글랜드 프리미어리그 올해의 골'로 뽑혔다, 'BBC 선정 올해의 골'로 뽑혔다, 이런 뉴스가 보도될 때마다 손흥민 선수가 그 세계적인 선수들을 무력화시키면서 질주하는 장면을 거듭거듭 보여줬었단 말이야. 기억하지? 나는 손흥민 선수가 최고라는 생각만 했는데, 고모부 말씀을 듣고 보니 이 말씀이 맞는 것 같아. 축구는 많은 선수가 함께 뛰는 경기인데, 나 혼자 기술이 출중하다고 해서 골을 넣거나 경기에 이기는 건 아니니까.

"강아도 축구에 재미 한번 붙여 봐라. 배울 게 많을 거다."

배울 게 많을 거라는 고모부 말씀이 알 듯 모를 듯했어. 그런 중에도 어렴풋이, 배운다는 것이 꼭 지식적인 것만은 아닐 거라는 생각이 들었어. 지금도 축구를 보면서 경기에 대한 정보 말고 다른 것에 대해 생각을 해보게 됐잖아? 손흥민 선수의 골은 손흥민 선수 혼자만 이루어낸 영광이 아니라는 고모부의 의견도 듣게 되었고.

그렇지만 엄마, 솔직하게 말해 축구는 재미가 없는걸. 그래서 고모부께 말씀을 드렸지.

"고모부, 저는 축구가 별로예요. 그냥 초록색 운동장 위에 색깔 다른 옷을 입은 사람들이 뛰어다니는 것밖에는 아무것도 안 보여요. 심판 옷 색깔은 대개가 까맣고 골키퍼 옷 색깔은 화려하다는 것밖에는 아는 것도 없는걸요."

"몰라서 재미가 없는 거다. 알게 되면 재미가 붙거든. 깊이 알면 알수록 신이 나는 법이다."

"그럴까요?"

"한 개씩 두 개씩 알아 가고, 내가 알고 있는 것을 적용해봐라. 그렇게 하면서 재미를 키우는 거다. 그렇게 하다 보면 어느새 전문가가 되는 거고."

고모부가 리모컨을 건네주시며 말씀하셨어.

"꼭 축구가 아니더라도 말이다."

OFFICE

24. 감자 먹는 사람들

엄마, 자다가 눈을 떴어. 책상에 앉아 있었는데 깜빡 잠이 들었던 모양이야. 벌떡 돌아다보니 서아랑 교아는 자고 있고 불은 훤히 켜진 채로야. 고모가 아직 안 들어오셨나? 들어오셨다면 우리부터 보셨을 텐데……. 시계는 12시가 가까운데 문득 밖에서 두런두런 어른들 소리가 들려. 이제들 들어오셨나 보다, 나는 가만히 일어났어.

빼꼼 문을 여니 거실 불은 다 꺼진 채로이고 어른들은 식탁에 계신 듯했어.

"경과를 다시 보자고 하네요."

컬컬한 아빠 목소리가 들렸어.

"차도가 있다니? 뭔가 차도가 있으니까 다시 검사를 해보자는 것 아니겠니?"

문을 밀고 한 발 나서니 물잔을 꼭 쥐고 있는 고모의 모습이 보였어.

"하루라도 빨리 날 잡아 봐라. 해보라면 해 봐야지."

곧이어 단호한 고모부 목소리가 들렸어.

뭘 엿들으려고 한 것은 아니지만 나는 꼭 그런 자세로 문고리를 잡고 서 있었어.

무슨 말일까?

작은 전등 아래서 어른들의 모습이 보였어. 노랗고 한편 꺼멓게 보였어. 어디선가 본 장면처럼 검은 실루엣을 가진 어른들의 모습이 익숙했어.

"이번에는 어떤 검사를 하자니?"

고모의 물음.

"그런 건 물을 필요도 없다. 의사한테 맡겨 뒀으면 믿고 가야지."

등을 진 고모부는 크고 단단한 나무 같았어.

검사를 한다면… 엄마를 말하는 걸까? 아니면 초아일까?

"내일 성진 교수 찾아가서 서둘러 날짜 잡아달라고 해라."

"예."

아빠의 대답.

엄마, 나는 살며시 방문을 닫았어. 아무것도 듣지 않은 척, 아무것도 보지 않은 척, 불을 끄고 자리에 누웠어.

어둠 속에서 어른들의 목소리가 들리는 듯 마는 듯했어. 아마 계속 말씀들을 나누고 계시겠지? 이슥한 밤에. 남들 다 자는 이 이슥한 밤에 말이야.

엄마, 엄마가 다시 검사받는 거구나. 성진 교수님이라면 엄마 주치의 선생님이시네. 고모가 그러잖아. 뭔가 차도가 있으니까 검사를 해보자는 것 아니겠냐고. 엄마가 점차 좋아지고 있는 거구나. 5뉴턴의 힘으로 달려오고 있는 거구나. 내가 5뉴턴의 힘으로 달려가고 있는 걸 아니까 엄마도 나를 맞으러 달려오는 거잖아. 그치?

내가 엄마, 얼마나 착하게 지내는지 알면 무지무지 놀랄걸? 선생님들한테도 얼마나 고분고분하다고. 절대로 말대꾸 안 해. 친구들도 나보고 많이 변했대. 하긴 뭐, 짜증 내고 쫑알거리는 게 김강안가? 아니잖아? 내가 얼마나 차분하고 조심성 많은 앤데, 그치? 고모처럼 교양 있게 말하려고 나름대로 연습도 한단 말이야. 엄마가 퇴원해서 돌아오면 우리 강아가 어른스럽게 컸구나! 이러면서 정말 정말 놀랄 거야. 버럭버럭 성질내던 김강아가 아니구나! 의젓하고 점잖은 학생이 되었구나! 하고 싶은 말도 삼킬 줄 아는 언니가 되었구나! 이러면서 말도 못 하게 감동할걸? 하하, 정말이야, 엄마! 내가 안간힘을 다해서 5뉴턴의 에너지를 뽑아내는 중이니까, 엄마, 엄마도 달려야 해. 알겠지?

엄마, 나는 아무 걱정 하지 않을 거야. 지금 어른들도 걱정하는 게 아니야. 그냥 검사를 다시 하게 됐다는 소식을 아빠가 전하는 거고, 고모는 엄마가 호전되고 있으니까 다시 검사를 해보자는 것 아니겠냐는 기대에 차서 묻고 계신 거야. 고모부는 더 희망에 차서 빨리 검사를 받자는 뜻이고. 맞지 엄마? 내가 제대로 들은 게 맞지?

아침에 서아, 교아 깨면 엄마 소식부터 전할 거야. 둘 다 엄청 좋아하겠지? 신이 난 교아가 또 울 테지만 내일만은 울게 내버려 둘 거야. 좋은데 뭘, 좋아서 우는 건데 뭘, 그건 괜찮잖아? 서아랑 우리 셋이서 꼭 껴안고 잠깐만, 아주 잠깐만 울 거야. 기뻐서, 좋아서, 말이야!

엄마, 나 이제 자야겠어.

아참, 그렇구나! 생각났어, 엄마!

아까 어른들이 앉아 계시는 모습을 보며 어디서 보았더라? 언제 보았더라? 영화라도 본 듯이 낯익다고 생각했었는데, 에이, 그림이네. 그림 속에서 봤네. 엄마도 기억하지? 고흐의 그림말이야. [감자 먹는 사람들] 딱 그 장면이네. 작고 어두운 불빛 아래에서 감자를 나눠 먹고 있는 사람들이 있었잖아. 노르스름한 램프 아래 거친 피부와 검은색 주름이 자글자글하던 사람 여럿이서 감자를 먹고 있던 그 장면이 포개어진 거였어. 작게 빛나는 전등 아래 아빠와 고모, 고모부의 검은 실루엣이 성실하게 노동하고 감자 끼니로 하루를 마감하는 그 그림 속의 사람들과 무척 닮아있던 거였어. 고단한, 그 사람들과…….

25. 관심, 혹은 잔인한 장난

엄마, 오늘은 우리 학교 개교기념일이야. 고모랑 고모부는 일찍 점심을 드시고 수업 준비하러 학원으로 가셨고, 나는 혼자 뒹굴뒹굴 구르는 것이 지겨워져서 서아와 교아 학교로 갔어. 교아는 방과 후에 공예 교실에 가니까 늦을 테고, 서아를 만나 같이 와야겠다고 생각하면서 말이야. 겨우 4월 중순인데 한낮은 더워. 전부 반팔 옷을 입고 다닌다고. 아이스크림 집에 가서 서아 좋아하는 걸 같이 먹어야겠다는 근사한 계획도 세웠었어.

교문 앞에 있으니까 3학년들이 마치고 나오더라고. 나는 은목서 짙은 그늘 아래를 둘러친 널찍한 바위에 걸터앉아 서아를 기다렸어. 내가 초등학교에 다녔을 때 엄마가 그 자리에 앉아 나를 기다렸잖아. 여름에는 그늘이 진해 좋다고 했고 하얀 꽃이 피면 달콤한 향기가 좋다고 했었어. 자잘자잘한 꽃송이가 가지마다 가지마다 조촐하게 피어나 가뜩이나 푸른 은목서를 더욱 싱그럽게 한다고 했었어. 그치, 엄마?

교아가 입학하면 엄마가 여기에 앉아 기다릴 거라고 약속도 했었는데……. 아기 낳고 얼른 돌아와서 학교 마치고 나오는 교아를 기다릴 거라고 말이야. 지난 한 달 반 동안 교아는 이 자리에 아빠나 고모, 고모부 대신 엄마가 서 있기를 얼마나 바랐을까? 다른 친구들이 엄마 손을 잡고 교문을 나가는 모습을 보면서 얼마나 엄마를 그리워했을까? 조잘조잘 떠들며 엄마 손을 흔들고 가는 아이들의 자리에 자기 얼굴을 끼워 넣으며 가슴 저렸던 적은 또 얼마나 많았을까?…… 코끝이 찡해왔어. 나는 얼른 엉덩이를 털고 일어섰어. 감상에 빠지면 안 되니까. 나는 운동깨나 하는 사람처럼 폴짝폴짝 가볍게 뛰면서 3학년 교실이 있는 별관 건물 계단을 바라봤어.

조금 있으니 멀리 서아가 보였어. 계단을 내려와 막 운동장으로 내려서고 있었어. 어떻게 아냐고? 서아 잠바 색깔이 있잖아. 오늘도 서아는 파란색 잠바를 입고 갔거든. 한낮에는 더우니까 입지 말라고 해도 서아는 얇은 스카프까지 목에 감고 잠바를 껴입었어. 더우면 벗으라고 시켰지만 절대로 벗지 않았을 거야. 전부 친구들 때문이지 뭐. 아니, 친구들한테 제 상처 난 몸을 보여주고 싶지 않으니까. 서아 마음도 알고 그 황소고집보다도 센 똥고집도 아니까 나는 더 이상 잔소리를 하지 못했어.

나는 서아한테로 걸어갔어. 자박자박. 운동화 밑에 밟히는 굵은 흙 소리가 좋았어. 흙은 운동화 뒤로 밀렸고 내 걸음은 시원스레 나아갔어. 그때 계단 아래 화단 가에 있던 남자애 세 명이 서아 앞을 둘러서는 게 보였어. 친구들인가? 그런데 잠시 후 서아가 화단 쪽으로 방향을 틀며 두어 걸음 옮겼어. 그러자마자 남자애들이 후두두 움직여 그 앞을 막아서는 거야. 땅을 내려다보고 있던 서아가 다시 몸을 틀어 운동장으로 잰걸음을 옮겼어. 나는 뛰기 시작했어. 저건 친구가 아니잖아! 친구라면 저렇게 피할 리가 없잖아! 엄마, 가슴이 벌렁거렸어. 험악한 요정 하나가 북채 두 개로 사정없이 심장을 두드려대는 것 같았어. 심장 소리가 내 고막을 찢을 듯 달려들었어. 나는 주먹을 틀어쥐었어. 그 사이 서아가 빠른 걸음으로 나를 향해 걸어왔어. 아니, 서아는 나를 못 봤어. 내가 거기 있다는 것도, 내가 그 장면을 목격했다는 것도 몰랐어. 뒤를 따라붙는 사내애 세 명을 떨어뜨리려고 달리듯 걷는 거였지. 나는 순식간에 서아 앞으로 달려 나갔어.

누군가 제 앞에 급히 멈추는 것을 본 서아가 고개를 퍼뜩

들었어. 그 찰나, 서아의 눈에 비친 뭔가를 보았어. 나는 얼른 서아를 내 등 뒤로 세웠어. 그리고는 그놈들을 노려보았어. 뭐야, 너희? 이런 상황에 점잔이고 뭐고가 어딨어! 쩌렁, 울리는 내 목소리는 내가 듣기에도 앙칼졌어. 지금 뭐 하는 거냐고? 다시 고함을 쳤어. 세 놈이 눈이 똥그래서 나를 올려다보는 거야. 지금 서아한테 무슨 짓을 하는 거야? 죽고 싶어? 나는 얼굴을 험악하게 일그러뜨리고 놈들을 내려다봤어. 그랬더니 세 놈이 비실비실 옆으로 빠져 달아나는 거야. 힐끔힐끔 뒤를 보면서 말이야. 이 비겁한 새끼들! 나는 운동장이 떠나가라 소리쳤어. 한 번만 더 그랬다간……! 한 번만 더 그랬다간……! 똑똑히 기억해!

나는 분이 풀리지 않아 씩씩거렸고 그러는 동안 서아는 내 짧은 그림자 속에 들어와 있었어. 한낮의 짧달막한 그림자지만 서아는 그 속에 있었어. 저 못된 놈들을 혼쭐을 내줬어야 했는데! 이렇게 끝낼 게 아니고 정말 머리통을 때려줬어야 했는데! 나는 숨을 몰아쉬며 이를 갈았어.

그리고 한참 뒤 우리는 손을 잡고 운동장을 걸어 나왔어. 아빠나 고모한테는 오늘 있었던 일을 말하지 말라는 서아의 독촉을 받으면서 말이야. 내가 안 된다고 했어. 그렇지만 서아는 계속 고집을 피웠어.

"올해 처음 같은 반이 된 애들이야. 특별히 못되게 구는 것은 아니야."

하지만 나는 방관할 수 없다고 했어. 그리고,

"그렇게 한 번 두 번 놀려보다가 네가 만만하다 싶으면 더 심하게 괴롭힐 게 뻔해. 그런 놈들 심보야 백이면 백, 다 똑같다니까. 애초에 버르장머리를 고쳐놓아야 해."

내가 열불을 토하며 몇 번이고 설득을 했지만, 서아는 요지부동이야. 어쩔 수 없어. 내가 물러서는 수밖에. 그렇지만 단단히 다짐을 받았어.

"그놈들이 되었든, 다른 놈들이 되었든, 털끝 하나라도 괴롭히는 놈들이 있으면 언니한테 말해야 해."

서아는 우울한 목소리로 말했어.

"아무 일도 없을 거야. 난 걔네들 하나도 안 무서워."

"천하의 김서아가 누굴 겁을 내? 넌 호랑이가 으르릉거려도 태연하게 걸어갈걸!"

나는 호기롭게 소리쳤어. 서아를 보고 웃기까지 했어. 그렇지만 서아는 계속 땅만 보고 걸었어. 콧대 높은 서아지만 충격을 받은 게 틀림없어.

별이 더욱 뜨거워졌어. 서아한테 스카프라도 풀자고 말하고 싶었지만, 이내 포기했어. 싫다고 할 게 뻔하니까. 그렇지만 뭐라도 자꾸 해야 할 것 같아서 이번에는 한층 더 아무렇지 않은 목소리로 말을 붙였어.

"야, 그 애들이 반에서도 장난을 거니? 장난꾸러기야?"

엄마, 나는 일부러 그놈들의 행동을 장난이라고 말했어. 어쩐지 지금은 그렇게 말해야겠다는 생각이 들었어. 그놈들의 의도를 정확히 모르는 상태에서 괴롭힘이라는 단어를 자꾸 말하는 것은 서아에게 전혀 도움이 되지 않을 것 같아서 말이야. 서아는 대답하지 않았어.

하지만 엄마, 어쩌면 내가 잘못 하는 건지도 몰라. 이미 벌어진 사건을 별일 아닌 것처럼 대한다고 해서 그게 정말로 태평한 일이 되는 건 아니잖아? 심각한 일이 벌어지기 전에 조치를 마련해 놓아야 하는 거 아닐까? 오늘 일은 어쩌면 나쁜 일이 벌어지기 전에, 그것이 장차 일어나게 될 중대한 일임을 알려주는 전조인지도 몰라. 아, 어쩌면 좋지? 어쩌면 좋아? 나는 또다시 갈림길에 빠진 것 같아, 엄마.

"그 애는 수학을 잘해."

아파트 안으로 들어오며 서아가 말했어.
“응? 누구?”
“초록색 가방을 멘 애. 선생님이 내는 문제를 틀리는 게 없어.”
“짜-식, 공부 좀 한단 말이지?”
난 좀 불량스러운 표정으로 장단을 맞췄어. TV에서 보았던 발차기나 제법 하는 고등학생처럼 말이야.
“가운데 안경을 쓴 애는 자석을 좋아해. 매일 가방에서 자석을 꺼내 자랑하거든. 빙빙 돌리는 것도 있고, 주먹만큼 큰 것도 있어. 어디서 샀는지 이상하게 생긴 자석들이 잔뜩 있어.”
“그래?”
나는 엘리베이터 버튼을 누르며 서아가 말을 이어가게 부러 큰 목소리로 호응을 했어.
“태권도 가방을 들고 있던 애는 텀블링을 잘해.”
“그걸 어떻게 알아?”
“복도에서 쉬는 시간마다 텀블링을 하면 옆 반 애들까지 와서 구경을 하거든.”
“너도 나가서 봐?”

"아니."

"왜?"

"애들이 소리치는 것만 들어도 몇 번 넘었는지 다 아는데 뭘."

"왜 같이 나가서 보지."

"……."

"야, 근데 너는 담임이 아무하고도 친구 안 한다고 걱정한다던데 죄다 알고 있네?"

엄마, 방금 이 말은 진짜 진심이었어. 서아가 아까 그 남자애들 특징을 훤히 꿰고 있는 게 놀랍잖아?

"다 들리고 다 보이니까 그렇지."

"걔네들 이름도 아냐?"

"언니는 내가 바본 줄 아나 봐? 같은 반 애들 이름도 모르겠어?"

"야, 나 그 안경 쓴 애 자식 한번 봤으면 좋겠다. 얼마나 신기한지……."

고모 집 현관문을 열며 서아가 내 말을 딱, 잘랐어.

"언니!"

"응?"

"일부러 그럴 필요 없어."
"뭘?"
"내가 교안 줄 알아? 애기 어르듯이 하지 마."
"뭐……? 내가 언제……."

서아는 예의 그 도도한 얼굴을 해서는 나를 노려보고 싹, 들어가 버렸어.

"하……."

엄마, 내 입에서 얼마나 긴 한숨이 나왔는지 알만하지? 여태껏 제 걱정하느라고 조바심을 쳤는데, 애기 다루듯이 하지 말라니? 기가 막혀서! 언제는 내 등 뒤에 붙어서 찔끔거리더니 그 새 저런 뻔뻔한 얼굴을 하고 대드는 것 좀 봐. 엄마 재는 정말 회복력이 좋다니까. 탄성이 아-주 좋아. 내가 앞으로 걱정을 해주나 봐라. 못된 것! 못된 김서아!

나는 소리는 못 지르고 일부러 현관문을 세차게 쾅! 닫았어.

그래도…….

엄마, 오늘 이 얘기 고모한테 해야겠지? 서아한테 약속은 했지만… 고모가 알고 있어야겠지? 그치?

아까 그 애들이 같은 반 친구에 대한 관심으로 그렇게 한 것인지, 아니면 관심을 가장한 잔인한 장난인지 분명히 해야 할 것 같아. 다들 아직 어리니까 친구를 향한 호감의 표현이 서툴러서 서아를 겁먹게 했을 수도 있을 거야. 그렇지?

아니야, 아니야!

어쩌면 엄마, 이건 우리 서아의 문제인지도 몰라. 아무에게도 손 내밀지 않는 서아의 저 오랜 도도함. 말이 좋아 도도함이지 사실 오만하고 건방지잖아. 그러지 말라고 해도 항상 방어막부터 치고 드는걸. 엄마도 아빠도 늘 그걸 걱정하고 타일렀지만, 저 원초적인 거만함은 날이 갈수록 더한 것 같아.

아니지……. 아니야!

내가 틀렸어, 엄마. 서아의 거만함은 원초적인 것이 아니잖아? 긴 소매와 스카프 밑에 숨겨진 상처에서 사시사철 배어 나오는 핏빛 진물, 그리고 호두껍데기만큼 두껍고 거친 피부, 이것들이 또래로 하여금 서아를 거부하도록 만들었어. 서아를 주눅 들게 만들었어. 그리고… 서아를 홀로 있게 만들었어. 내가 보아왔잖아. 거기에 지지 않으려고 서아가 얼마만큼 기를 쓰고 버팅기고 있는지……. 그 콧대 높음은 절대 지지 않으려는 서아의 절박한 발버둥인지도 몰라.

엄마, 내가 옹졸했어.

내가 나빴어. 서아가 어떠한지 번연히 알고 있으면서 귀에 거슬리는 소리 한마디 들었다고 서아를 성격 모난 아이로 몰아붙였어. 내가 잘못했어……. 진짜 잘못했어.

그런데 엄마, 조금 다행인 게, 서아는 귀와 눈을 활짝 열어 놓고 있는 것 같아. 친구들이 노는 모습, 친구들의 재주까지 유심히 살피며 그 모든 것들을 가슴에 담고 있나 봐. 맞지 엄마?

서아는 친구들 속에 언제쯤 자기가 끼어들 수 있을지 그걸 재고 있는 건지도 몰라. 친구들 옆으로 다가갈 수 있는 기회를 엿보고 있는 건지도 몰라. 그렇지, 엄마? 그러니까… 음……. 우리 서아가 심각한 사회성 결핍이라고 했던 담임선생님 진단은 엉터리가 틀림없어. 그리고… 서아를 홀로 앉혀 두고, 그것이 서아한테 상처를 주지 않는 최선의 방책이라고 자부했던 담임선생님은 틀린 것이 확실해.

26. 괜찮지 않아

엄마, 사람은 말이야……. 머릿속으로 계산하고 계획하고 각오를 다진다고 해서 이게 쉽사리 가슴으로까지 용납되는 게…… 아닌가 봐. 머릿속으로 여러 수십 번, 수백 번, 나는 할 수 있다, 이겨낼 수 있다, 외치며 응원하며 마치 힘센 호랑이 하나가 포효하듯이 으르릉대며 노려보지만, 저 바닥 어디에서 흐르고 흐르는 슬픔은 지워내지 못하나 봐. 옹달샘 샘물이 샘솟듯 슬픔이라는 것은 퐁퐁 솟는 것이고, 제아무리 틀어막고 땜질하고 밀봉해 버린대도 기어코 그것들은 틈새로 비집고 나오는 건가 봐. 미미한 틈으로 비어져 나온 그것들은 점점 그 폭을 넓히며 번지는 건가 봐. 애초에 그것들을 꽉꽉 다지고 봉쇄하겠다는 것부터가 오산이었는지도 몰라. 닫아걸고 꾹꾹 눌러버리면 안전하게 폐쇄될 것이라 믿었던 것부터가 잘못된 계획이었는지도 몰라.

엄마, 어쩌면 말이야……. 세상에서 제일 힘세고 무서운 건 총이나 칼이 아닌지도 몰라. 핵폭탄이나 미사일이나 뭐 그런 유형의 무기가 아닌지도. 끊임없이 나를 침전하게 하는 것, 시커먼 심연에서 쭈욱 손을 뻗어 내 두 다리를 잡아 끄는, 버둥거리고 헐떡거리고 달아나려 몸부림쳐도 종국에는 내 몸뚱이까지 틀어쥐는 것, 저것, 저것이 제일 무섭고 힘센 것인가 봐. 괜찮다고 수없이 되뇌어도, 괜찮을 거라고 수없이 위로해도, 괜찮아질 거라고 수없이 달래도, 슬픔이라는 저것은, 결코, 결코…….

OFFICE

27. 우린 괜찮지 않아

엄마, 오랜만이지?

나 많이 보고 싶었지?

우리 교아와 서아도 많이 보고 싶었지?

미안해 엄마.

며칠 기운이 없었어. 어디 아픈 건 아니야. 나 정말 튼튼하잖아. 하루쯤 아파서 학교 한 번 안 갔으면 좋겠다, 이게 내 몇 년간 새해 소원이었다는 걸 엄마는 몰랐지? 남들은 걸핏하면 아파서 입원을 하는데. 나는 감기 한 번 안 걸리고 눈병도 한 번 안 했어. 생리통 때문에 결석하는 애들도 있지만 나는 뭐 아파야 말이지. 얼마만큼 아파야 아프다고 할 수 있는 건지 도통 알 수가 없어. 무쇠 팔 무쇠 다리, 놀랍도록 건강한 DNA만 가지고 태어나는 바람에 결석할 수 있는 축복은 못 가지고 태어났다며 내가 얼마나 억울해 했다고. 하하, 이건 농담이야, 농담, 엄마.

우리 엄마가 되게 궁금했을 거야. 우리 큰 딸이 왜 그러나 하고. 그치? 이럴 애가 아닌데, 왜 이러지? 애를 태우면서 엄청 기다렸을 거야. 그치? 정말 미안해 엄마. 용서해. 그래도 내가 엄마 생각해서 이렇게 기운을 빨리 차린 거라고. 우리 엄마가 기다린다고 생각하니까, 힘이 빡! 솟는 거야. 그래서 자릴 박차고 일어났지! 잘했지 엄마?

그래, 우리 엄마가 궁금해하니까……. 내가 얘길 해야지. 우리 엄마가 속을 더 끓이기 전에 말이야. 사실은……. 며칠 전에 말이야……. 잠깐만 엄마, 나도 물 한 잔 먹어야겠어. 고모가 하루종일 물을 홀짝 홀짝 드시잖아. 저 맛도 없는 물을 왜 자꾸 드시나? 수업을 많이 해서 목이 아파서 드시나? 이렇게 생각했는데, 요즘 내가 자꾸 물이 먹고 싶어져. 고모 옆에 있다가 물들었나 봐. 하하……. 세상에! 나도 모르게 오빠처럼 말을 했네? '물 먹는 고모 옆에 있다가 물들었나 봐.' 재밌지 않아, 엄마? 오빠한테 이 말을 해주면 오빠는 "강아, 더 배울 거 없다, 하산해라." 또 이렇게 장난을 받아 줄 거야. 하하! 어쨌거나 잠깐 기다려 봐, 엄마.

며칠 전에 '장애인의 날' 행사가 있었어. 그동안은 몰랐는데 4월 20일이 장애인의 날이래. 작년에도 재작년에도 학교에서 행사를 진행했었지만, 대수롭잖게 지나갔어. 그때는 귀담아들을 것도, 눈여겨볼 것도 없었어. 그냥 학교에서 늘 하는 행사니까, 초등학교 1학년 때부터 늘 해오던 행사니까, 선생님이 글짓기를 하라고 하면 글짓기를 하고, '장애인의 날' 이 단어로 5행시를 쓰라면 쓰고, 장애와 장애인에 관한 퀴즈 맞히기를 하라면 하는 게 다였지. 그런데 올해는 다르더라고. 행사가 특별히 달라지거나 한 건 아니야. 늘 해왔던 그대로라 특이할 것도 없었건만, '장애인의 날'이라는 단어 자체가 이젠 새롭게 들렸어.

작년에는 시각장애인이 되어 안대를 하고 지팡이를 짚은 채 체육관을 빙빙 도는 체험을 했는데 올해는 지체장애인 체험을 하게 됐어. 체육관 한가운데 만들어진 낮은 경사로를 휠체어를 타고 오르는 체험이었어. 체험자들은 오른쪽에서 진입한 다음 폭이 그다지 넓지 않은 경사로로 올라가야 했어. 낮은 경사도만큼이나 경사로 길이도 얼마 되지 않았어. 내 다리로 성큼성큼 걸으면 몇 걸음 되지 않을 정도였지.

엄마, 내가 6반이잖아. 3학년 1반부터 시작된 체험이 6반까지 오는 동안 얼마나 무료하게 앉아 있었나 몰라. 아이들은 경사로를 오르고 깔깔거렸어. 반대편 경사로로 미끄러지

듯 내려가서 또 깔깔거렸어. 휠체어에서 일어서며 또 깔깔. 휠체어 개수 때문에 학년별로 진행하기 천만다행이지 1,2,3 학년 전원이 모였더라면 그 깔깔거리는 소리 때문에 고막이 터져나갔을 거야. 선생님들은 1반부터 한 줄로 세워진 학생들이 한 명도 빠짐없이 휠체어에 앉았다 일어나는지를 확인하느라 경황이 없었어. 이 유쾌하고 즐거운 행사에 혹시라도 빠지는 놈이 있을까 봐 인원 점검을 했고 연방 사진을 찍어댔어.

마침내 우리 반이 줄을 섰고 내 차례가 되었어. 나는 학년부장 선생님이 설명해 주신 대로 휠체어에 앉아 발판에 다리를 올렸어. 등받이에 등을 대고 양쪽 브레이크를 하나씩 풀었어. 두 팔을 벌려 양쪽 팔걸이 너머로 내밀어 미는 바퀴를 잡았어. 차가운 감촉이 손바닥에 전해졌어. 경사로 쪽으로 다가오라는 선생님의 손짓에 따라 바퀴를 밀었어. 상당히 큰 힘을 줬는데도 휠체어는 쉽게 나가지 않았어. 그 순간, 이렇게 무거운 걸 우리 초아가 어떻게 밀까? 하는 생각이 들었어. 그때부터 내 머릿속으로 밀물이 밀려들기 시작했어. 초아에 대한 걱정을 담은 밀물은 급속히 차올랐어. 이렇게 큰 휠체어를 초아가 어떻게 탄단 말이야? 체육관 바닥에서도 이러한데 우툴우툴한 보도블록을 타고 어떻게 이동한단 말이야? 내 팔과 다리로 기운이 쑤욱 빠져나가는 것 같았어.

다른 반 아이들과 마찬가지로 우리 반 아이들도 깔깔거리며 달렸어. 춤을 추듯 앞으로 뒤로 휠체어를 흔들어댔어. 경사로를 올랐다가 내려온 아이들은 파키스탄에 있는 K2 등정에 성공이라도 한 것처럼 환호성을 질러댔어. 그 야트막한 비탈이 아이들에게 대단한 성취욕을 불러일으킨 것 같았어. 장애인에 대한 이해를 높이겠다는 체험은 학생들의 도전 의식을 높이고 자기만족을 확인하는 기회가 된 것이 틀림없어 보였어.

엄마, 나는 홀로 되어 그들을 지켜봤어. 그리다 어느 사이……. 건강하고 건장한 십육 세의 소녀들이 타고 즐기는 그 파란 휠체어에 초아를 태워보았어. 말간 피부의 조그만 아기는 바로 앉지 못하고 미끄러졌어. 이번에는 교아만큼 자란 초아를 앉혔어. 겨우 미는 바퀴에 손이 닿았어. 다시 나는 서아만큼 자란 초아를 휠체어에 앉혔어. 그러나 운동신경을 잃은 팔은 바퀴를 밀지 못했어. 서아만큼 자란 초아가 고개를 떨구었어. 하염없이 바닥을 내려다보고 있었어.

내가 초아야, 라고 불렀지만 서아만큼 자란 초아는 고개를 들 힘조차 없다는 듯 눈동자를 굴릴 힘조차 없다는 듯 고개를 꺾고만 있었어. 나는 다시 초아를 불렀어. 초아는 미동도 하지 않았어. 아아, 눈앞이 뿌옇게 흐려졌어. 커다란 비닐 장막이 내 눈을 가린 듯 아무것도 보이지 않았어. 야, 김강아, 뭐 하는 거야? 귓바퀴에 울리는 소리! 안 오고 뭐 해? 까르르르 탱탱볼처럼 튀어 오르는 웃음 사이로 우렁우렁한 소리가 들렸어. 임마, 빨리 끝내야 할 것 아니야! 벽력같은 소리. 누군가가 내 휠체어를 밀고 나갔어. 올라오라는 소리 안 들려? 휠체어가 마구잡이로 달렸어. 너 이런 식으로 할 거야? 며칠 잠잠하더니만 왜 또 이래?

그렇지만 엄마, 나는 K2에 오르고 싶지 않았어. K2 따위는 절대 올라가고 싶지 않았어. 거기만 올라가면, 모두들 미쳐서 웃고 마는걸! 거기만 올라가면, 건강한 팔뚝 힘으로 승리를 일궈냈다는 기쁨에 도취되고 마는걸! 엄마, 나는 그럴 수 없잖아! 우리 초아를 두고 나는 그럴 수 없잖아!

잠결에 아빠 목소리를 들었어. 잠이 쏟아지는데 아빠가 자꾸만 일어나라고 이름을 부르는 거야. 아빠, 조금만 더 자면 안 돼? 아빠가 목소리가 귓가를 맴도는데 알아들을 수 없는 말로 소곤소곤하잖아. 편백 숲에 가자고? 몇 시야? 나 더 자고 싶은데…….

다시 아빠 목소리가 들렸어. 고모도 뭐라고 하시는데……. 아빠! 고모! 왜 나만 모르게 속닥속닥 비밀 얘기들이야? 내가 알면 안 돼? 내가 들으면 안 돼? 왜 나만 쏙 빼놓고…….

다시 아빠가 나를 깨웠어. 아빠 제발 오늘 하루만 자게 해 줘……. 피곤해……. 잠이 너무 온단 말이야…….

아이, 참, 교아 너까지 왜 그래? 내가 언제 안 놀아줬어? 왜 울고 야단이야? 내가 울지 말랬지? 우는 거 아니라고. 울면 못 써. 갓난쟁이나 우는 거지. 1학년이나 된 애가 울고 다니는 게 말이 되니? 네 친구들이 널 보고 뭐라고 하겠니? 울보라고 놀리면 좋겠어? 야, 혹시 친구들이 너 괴롭히는 거 아냐? 맞지? 그래서 우는 거지? 어떤 녀석들이야? 내가 때려줄게. 안경 쓴 놈이야? 자석 가지고 논다는 그놈? 아니면 태권도 좀 한다고 깝쭉대는 그놈이야? 오호라, 수학 공부 잘한다는 그놈이구나! 그렇다니까, 공부 좀 한다는 애들 중에는 이기적이고 독선적인 놈들이 꼭 하나씩 있다니까. 은주 고것도 그래. 내가 아빠한테 약속한 것 때문에 조용히 참는 거지, 그렇지 않았으면 내가 아주 혼쭐을 냈을 거야. 못된 것. 어쩜 그렇게 쫑알쫑알 얄미운 소리만 골라 하나 몰라. 다음에는 약속이고 뭐고 한 번만 더 내 신경을 긁어놓으면 정말, 아주 정말, 주먹을 날려버릴 거야. 아빠가 약속 안 지켰다고 꾸중을 하시겠지만……. 응? 무슨 약속? 무슨 약속을 말하는 거야? 내가 아빠하고 무슨 약속을 했다는 거지? 생각이 안 나. 교아야, 너 기억 나? 내가 아빠하고 무슨 약속을 했지? 야, 김교아, 그만 울고 말 좀 해 봐!

엄마, 이리 와봐. 내가 피아노 쳐 줄게. 엄마 [하울의 움직이는 성] 좋아하잖아. 구름 위를 나는 것 같다고 좋아했잖아. 환상적이면서도 명랑하고! 또 뭐랬지? 아무튼 내가 엄마한테 들려주려고 얼마나 연습했는데……. 자, 봐, 엄마, 아이참, 베란다에만 있지 말고. 어서 내 옆에 앉으라니까. 빨래는 만지지 마. 교아랑 내가 나중에 다 걷어 줄게. 교아가 옷을 얼마나 예쁘게 개는지 엄마 모르지? 고모네 집 옷도 교아가 다 갠단 말이야. 걔는 어떤 때 보면 로봇 같아. 표정 하나 없이 아무 말도 안 하고 옷을 척척 개잖아. 한번은 얘가 정말 로봇이 아닌가 싶어서 몸을 만져본 적도 있었어. 엄마, 재밌지? 그러니까 옷 같은 건 걱정 말고 이리 와. 피아노 의자가 넓어서 정말 좋아. 아, 이 의자? 고모 집에서 가져왔어. 오빠가 치는 피아노 의자인데 널찍하니 좋겠더라고. 엄마하고 같이 앉으려고 내가 가져왔지. 참, 오빠한테 말도 안 하고 들고 왔는데, 괜찮을까? 오빠가 화를 내면 어떡하지? 어! 엄마 밖에 누가 왔나 봐. 현관문 벨 소리가 들려. 아이, 시끄러워! 누가 온 거야? 왜 이렇게 요란하게 벨을 누르는 거야? 엄마! 엄마! 저 벨 소리 좀 꺼 줘!

눈을 떴어. 모두들 나를 보고 있었어. 심지어 담임까지도. 나는 아주 느린 속도로 생각을 하기 시작했어. 까-딱 까-----딱 겨우 손가락 하나를 움직이는 나무늘보처럼. 천천히……. 천천히……. 생각이 나더라고. 엄마를 만난 꿈이.

엄마랑 나는 우리 집 거실에 있었어. 아니 나만 거실에 있었어. 피아노 앞에서 엄마를 불렀지. 베란다에서, 붉은 해가 비쳐 드는 베란다에서 빨래를 만지고 있는 엄마를 보았어. 햇살은 길게 뻗어 들어와 거실은 토마토처럼 발그레한 빛을 발하고 있었어. 나는 엄마를 위해 [하울의 움직이는 성]을 연주하고 싶었어. 엄마를 위해…….

의사 선생님이 다녀갔고, 나는 아무런 이상이 없다는 진단을 받았어. 하하, 내가 그랬잖아, 엄마. 난 정말로 튼튼하다고. 그냥 잠깐 바닥에 머리를 부딪힌 것뿐이래. 휠체어와 함께 데구루루 굴렀다는데 팔다리 아무 데도 다친 곳이 없어. 찰과상 하나도 입지 않았다니까!

식구들이 돌아가며 자꾸만 물었어. 휠체어 브레이크를 왜 당겼냐고. 나는 지나간 시간을 되짚어가기 시작했어. 희뿌연 안개 속에 갇힌 듯한 막막함이, 분간할 수 없는 시간 속에 놓인 듯한 모호함이 머릿속을 가득 메운 듯했지만, 곧 모든 것이 생생하게 생각났어. 컬러 TV의 선명한 화질로 되살아났어.

어떤 힘에 밀려 내 휠체어는 경사로를 향해 가고 있었지.

내 등 뒤에 선 사람이 누구인지는 알 길 없었지만, 아니 알고 싶지도 않았지만, 나는 정녕 그 경사로를 오르고 싶지 않았어. 그곳에 올라서고 싶지 않았어. 단지, 그것뿐이었어. 싫어! 싫단 말이야! 소리를 질렀지만 휠체어는 멈추지 않았어. 오른손으로 블레이크를 잡았어. 왼쪽 브레이크도 잡아당겼어. 동시라고 생각했지만 시간 차가 있었을까? 휠체어가 틀어졌어. 내 몸은 아무렇게나 굴렀어……. 잠깐 사이, 휠체어를 봤어. 저만치 널브러진 우리 초아의 휠체어를. 귓전에 웃음소리가 들려왔어. 유리알처럼 반짝반짝 쏟아지는 웃음소리가…….

28. 착한 사람 문성현

이 책은 담임이 준 책이야. [착한 사람 문성현]

얼마 전 그 일이 있고 나서 담임이 내 책상 속에 이 책을 넣어놨어. 내 이름 석 자가 적힌 메모지가 달랑 한 장 붙어 있었는데, 담임 글씨더라고.

알 만하잖아, 엄마? 내가 그날 징징거렸다고 이 책을 줬겠지? 다른 사람들이 그러듯이 백 마디 말보다 괜찮은 책 한 권이 큰 힘이 된다고 믿고 말이야.

고맙습니다, 인사를 할까 하다가…… 안 했어. 진심도 담기지 않은 인사치레는 하고 싶지 않았어. 담임 역시 영혼 없는 허접한 인사 따위는 받고 싶지 않을 거야.

그래도…… 책을 받았다는 표시 정도는 해야 하지 않을까, 라는 생각을 했어. 없는 감정을 그려내서 보여주지는 못해도, 적어도 뭔가를 받았으니까 받았다는 표라도 내야 한다는 의무감 같은 게 자꾸 생기는 거야. 하지만 이렇게 해볼까, 저렇게 해볼까, 특별한 계획도 없이 그저 표지만 만지작, 만지작거리며 시간을 보냈어. [착한 사람 문성현]이라는 책 제목에 잠깐 호기심이 들기도 했지만, 책 따위는 보고 싶지 앉았어. 나는…… 집도 없는 민달팽이가 질질 콧물 같은 걸 흘리면서 뙤약볕 아래를 기어가듯 그렇게 꼬물거렸어. 볕을 피하고 싶지만 방향을 잘못 잡아 그늘로부터 더 멀어지는 민달팽이처럼, 처량하게, 초라하게…….

저녁에 가방을 빤다고 자질구레한 것들을 몽땅 꺼내 책상 위에 올려놨는데 서아가 그 무더기 속에서 이 책을 봤어. 구겨진 학습지와 연습장, 숙제한다고 가져왔던 교과서 속에서 용케 이 책이 보였던가 봐. 어쩌면 지저분하기 짝이 없는 그것들을 정리하겠다고 책상 앞으로 달려간 교아가 꼬질꼬질 때 타고 구기질린 학습지를 쫄대파일 속에다 꽂아 넣으면서 그 책이 서아 눈에 보인 건지도 몰라. 탈수한 가방을 베란다에 널고 들어오니까 서아는 한참 삼매경에 빠져있고, 교아는,

"큰언니!"

생글생글 파일을 내밀었어.

사실 수업 시간에 쓴 그 학습지는 전부 다 버릴 것들이었는데, 귀찮아서 그냥 가방 안에 내버려 둔 것이었어. 새 둥지를 이루고 있는 풀더미 건초더미처럼 그것들은 아래로 아래로 깔리고 그 위로 공책이나 교과서가 올라앉아 그야말

로 그것들은 마른 낙엽이나 갈대처럼 보일 지경이었어. 교아한테 괜한 짓을 했다고 할 수도 없어서 나는 반가운 얼굴로 그걸 받았어.

"고마워."

"이렇게 정리하면 돼."

쫙쫙 주름 펴진 견본을 주면서 깨끗하게 정리하라는 잔소리까지 하니 앞으로는 이 파일에다 보란 듯이 차곡차곡 넣어야겠어.

"야, 읽을 만해?"

숙제까지 끝내고 심심해진 나는 그때까지도 책을 들고 있는 서아한테 말을 걸었어.

"……."

"어떤 책이야?"

"언니는 안 읽었어?"

"읽을 시간이 없었어."

나는 조금의 주저함도 없이 이렇게 말했어. 읽을 시간이 없었다.

하긴 시간이나 여유나 비슷한 맥락으로 쓰이는 말이니까

'읽을 시간이 없었다.' 이 말은 '읽을 여유가 없었다.'라는 말과 진배없지. 또 '읽을 여유'라는 말에는 시간도 포함이 되지만 마음의 상태도 포함되니까 결국 내 마음이 그렇고 그래서 읽지 못했다는 표현을 '읽을 여유가 없었다.''읽을 시간이 없었다.'라고 해도 거짓말은 아니잖아. 그치, 엄마?

"재밌냐?"

"몰라."

귀찮게 하지 말라는 소리!

그토록 엄마가 다정하게 말을 해야 한다고 가르쳤는데도 아직도 재는 냉랭하게 대꾸하는 저 버릇을 고치지 못했어. 매번 싸울 수도 없는 노릇이라 오늘도 착하고 의젓한 내가 참기로 했어. 그나저나 저 책은 동화책도 아닐 텐데, 제 수준에 맞지도 않는 걸 왜 읽고 있나 몰라. 그렇잖아 엄마? 설마 우리 담임이 나한테 어린이 동화책을 주지는 않았을 거 아냐? 고작 초3 주제에 대단한 철학자처럼 골똘히 앉아 있는 폼이……. 에잇, 맘에 안 들어.

"교아야, 우리 편의점 갈래?"

"뭐하게?"

특별히… 살 건 없어도 그냥 바람이나 쐬었으면 했어.

"가기 싫어?"
"아니!"
교아는 잠바를 입고 나는 지갑을 꺼내 나서는데, 슬그머니 서아가 따라붙었어. 책에 폭 파묻힐 기세더니만 내가 하는 소린 또 언제 들었나 몰라.
"너도 가게?"
대답도 안 하고 신발부터 찾아 신는데 별수 있겠어? 데리고 가야지.
엄마, 밤바람이 아직 차. 선득선득 찬 바람이 싫지는 않아. 보름에서 이지러지고 있는 달 하나가 허여멀건한 빛을 옅게 뿌리고 있었어. 우리는 별 감흥도 없이 아파트 단지를 벗어났어. 하얀 꽃이 빽빽이 달린 이팝나무 가로수를 따라 걸으면서도 누구도 말을 하지 않았어. 나부터가 하고 싶은 말이 없었어.
"언니!"
슬리퍼 끄는 소리 사이로 서아의 목소리가 들렸어.
"왜?"
"우리 초아 말이야……."
서아는 바닥만 쳐다보고 있었어.

"우리 초아가 왜?"
"……."
"누가 뭐래?"
"아니……."
"그런데 왜?"
"초아도 정말 걷지 못할까?"
나는 걸음을 멈추고 서아를 내려다 봤어.
"갑자기 왜 그래?"
"아니……. 그냥 초아가 걷지 못할까 싶어서."
더는 초아의 병증이 비밀은 아니지만, 그렇다고 보자기 밖으로 풀어 헤쳐서 꺼내놓고 떠들 수 있는 이야기는 아니었어. 초아는 여전히 우리 가슴의 어두운 동굴 깊숙이 놓여있는 것이었어.
"아빠가 그렇게 될 수 있다고 했잖아."
나는 나직이 대답했어.
"초아도 말을 못 할까?"
아무래도 서아가 이상했어. 서론도 없이 시작된 질문이 왜 초아이며, 더더군다나 하필 초아의 장애에 국한된 거냔 말이야. 불길한 예감이 시작됐지만, 나는 대체 서아가 왜 이런 질문을 하는 것인지 갈피를 잡지 못한 채 다시 또 묵직한 목소리로 대답했어.

"그렇게 될 수 있다고 했잖아."

그런데,

"엄마 아빠가 없으면 초아는 어떻게 되지?"

서아는 묻기를 그치지 않았어. 나는 더는 참을 수가 없어서 고함을 빽 질렀어.

"너 왜 그래?"

"아니……. 그냥 엄마 아빠가 없으면 초아는 어떻게 되나 싶어서……."

내 목소리는 찬바람에 휩쓸려 검은 하늘로, 별 없는 하늘로, 희멀건 달 하나 둥 떠 있는 하늘로 치달았어.

"너 말해 봐. 누가 뭐라고 그랬어?"

"아니……."

"그런데 왜?"

"……."

"말하라니까."

"……."

"왜 갑자기 그런 얘길 하는 거야?"

"그냥… 우리 초아가… 우리 초아가… 어떻게 되나……."

별안간 서아가 울기 시작했어. 그 커다란 눈에서 눈물이 쏟아지기 시작했어. 드문드문 가로등이 키를 세우고 있는 그 길에서 서아 눈물이 보일 리 없었지만 내 눈에는 서아가 콸콸 눈물을 쏟아내고 있는 것처럼 보였어. 한없이 한없이 슬퍼하는 게 보였어. 키도 조그마한 서아는 그 자체로 부유스름한 눈물방울로 변해가는 것 같았어.

"엄마, 아빠가, 없으면, 우리, 초아는……."

껵껵 숨넘어가는 소리로 울어댔어.

엄마, 나는 서아를 껴안았어. 교아까지 달라붙어 엉엉, 소리를 내기 시작했어. 엄마, 서아는 엄마 아빠가 없으면 우리 초아를 누가 돌보냐는 말을 하고 싶었던가 봐. 말도 못하고 혼자 움직일 수도 없는 초아가 엄마 아빠 없는 하늘 아래 어떻게 살아갈지 그게 걱정이라는 소릴 하고 싶었던가 봐.

나는 아무런 말을 하지 않았어. 이제는 하고 싶은 말이 없어서가 아니라, 서아에게 해 줄 수 있는 말이 없었어. 껵껵거리고 엉엉거리고 흑흑거리는 울음소리가, 우리들의 울음소리가, 검은 하늘로 별 없는 하늘로 허연 달 하나 저 멀리

떠 있는 하늘로 올라가고 있었어.

이름도 예쁜 이팝나무 아래서,

이름까지 낭만적인 이팝나무 아래서,

꽃 내 소슬한 이팝나무 아래서.

집에 들어오자마자 나는 〔착한 사람 문성현〕을 들췄어. 대체 뭐라고 적힌 거야? 대체 뭐라고 쓴 거야? 착한 사람 문성현이가 뭘 어쨌다는 거야? 뭐라고 했기에 서아가 우냔 말이야! 책을 집어 던지고 싶은 걸 간신히 참아가며 책장을 넘겼어. 애를 저리 울리는 책을 나를 보라고 준 거야? 나보고 철철 울라고 준 거냐고! 손이 벌벌벌 떨려 왔어. 담임 얼굴을 떠올리며 나는 빠드득 이를 갈았어. 왜 이딴 책을 줘서 가만히 있는 애를 울려? 안 그래도 울 일이 깔리고 깔린 애를! 정말 용서할 수가 없었어. 미워서 정말, 미워서 정말…….

엄마, 착한 사람 문성현은 뇌성마비 장애인이었어. 버둥거리며 소리쳐 우는 것밖에 하지 못하던 문성현이가 둘째 동생의 돌잔치 때 울어서는 안 된다는 생각을 하게 됐대. 세상 사람들과 자신이 다르다는 것을 깨닫고는 터져 나오려는 울음을 안으로 안으로 삼켰대. 그 후에는 흙벽이 떨어져 나가도록 혼자 일어나 앉는 연습을 했고, 마침내는 세상으로 나갔대.

그런데 엄마, 그가 자신의 장애를 이겨내며 마침내 나아간 세상은……. 휠체어 위였어. 신이 난 아버지가 온 골목을 누비고 달렸던 휠체어 위. 작가는 '승리'를 말하고 싶었는지도 몰라. 무지에 빠져있던 문성현이가 드디어 사람임을 자각하고, 일반인들과 다른 사람임을 자각하고, 부단히 자신의 사지를 움직여 일어나 앉는 '과정'을 통해서 말이야. 자신의 상처를 핥으면서, 스스로에게 용기를 주면서, 자신의 장애를 조금씩, 조금씩, 극복해 나가는 그 피맺힌 의지를 보여주고 싶었을 거야. 이에 장애인들은 용기를 얻었을 것이고, 비장애인들은 인간의 숭고함에 감동했을 거야.

맞아, 엄마, 착한 사람 문성현처럼, 사람이라면, 모름지기 사람이라면, 절망보다는 희망에 가까이 서야 하고, 비탄에 빠졌을 때도 어떻게든 일어서고 말겠다는 용기를 내야 하는 거지. 그치? 나도 알고 있어. 그렇게 알고 있어. 아빠나 고모나, 어른들 모두가 그렇게 말했고, 우리 담임도 나를 불러 앉힐 때마다 구구단 외듯이 그렇게 말했는걸. 나도 알고 있어. 이 소설, [착한 사람 문성현]도 똑같이 말하고 있었어. 인간은 그 개인이 가진 고통과 고난을 이겨낼 수 있는 저력이 있는 존재라고. 그러하기 때문에 경이로운 거라고.

우리 담임은 내가 이 소설의 주제를 읽어내기를 바랐을 거야. 읽어낸 주제를 가슴 깊숙이 새기기를 바랐을 거야. 며칠 전 체육관에서처럼 울음이 터져 나오려 하면, 문성현을 생각하며 절망을 이겨내라고 말하고 싶었을 거야. 그래서 이 책을 주었겠지?

그런데 엄마, 서아는 문성현이 절망을 딛고 나아가는 과정에 초점을 맞추지 못했어. 나이 어린 서아는 문성현을 보면서 초아를 떠올렸어. 서아는 어쩌면, 문성현의 삶과 초아의 삶을, 데칼코마니처럼 여겼는지도 모를 일이야. 반을 접은 도화지를 펴서 한쪽 면에만 물감으로 그림을 그리고 그것을 꾹꾹 눌러 찍어 똑같은 형상으로 만들어내던 데칼코마니 말이야. '머리가 깨져 피를 흘리면서도 수백 번 수천 번 몸을 일으켰다는 문성현'은, 이 세상 모두에게 감동을 불러일으키고 인생을 음미해볼 기회를 주었는지 몰라도, 나이 어린 서아에게는 피 흘리며 신음하는 초아로 보였는지 모를 일이야.

엄마…….

그리고 소설의 주제에 초점을 맞추지 못한 건… 나도 마찬가지야. 나이가 몇 살 더 많을 뿐, 나 역시도 서아 수준에서 벗어나지 못했어. 초등 3학년, 딱 그 수준에서…….

29. 구절 폭포

엄마, 오늘은 고모부가 우리를 태우고 구절폭포에 가셨어. 학교 마치고 나가는데 고모부가 빵빵 차를 울려. 웬일인가 놀라 후다닥 뛰어가니까 교아가 차 문을 열면서 언니! 손을 흔드는 거야. 얼른 차에 올라탔어. 서아까지 타고 있는데 둘은 연신 싱글벙글이야. 어디를 가느냐고 고모부한테 여쭈니까 교아가 구절폭포에 간다고 냉큼 대답했어. 뒤이어 고모부도 물이 많이 내려올 테니까 폭포가 장관을 이룰 거라고 하셨어. 하긴 어제 낮부터 새벽까지 비가 엄청 많이 오긴 했지. 그렇지만 좀 이상하잖아? 그래서 내가, 비가 와야만 폭포에 물이 내려와요? 라고 여쭸어. 고모부가 물 날 때 조개 캐는 법이라고 대답을 하시는데, 그 뜻을 알 듯 모를 듯 아리송한 거야. 무슨 뜻이냐고 다시 여쭸더니 고사리도 꺾을 때 꺾어야 하고, 바람 따라 돛도 달아야 하는 거라며 또 속담을 인용하셔. 그러면서 무슨 일이든 알맞은 시기가 있으니까 때를 놓치지 않는 게 중요하다고 하셨어. 구절폭포는 구절산의 깎아지른 바위 벼랑 아래로 굽이굽이 이어지고 있는데 비 온 뒤가 폭포의 절경을 감상하기에 제일 좋은 때라고 하셨어.

"자, 조카님들 달려 봅시다!"

고모부도 오랜만에 본연의 그 유쾌함을 폭발하시는 것 같았어. 우리도 별로 담아둘 것 없는 사소한 이야기들로 계속 재잘댔어.

그렇게 얼마를 떠들다 갑자기 서아가 생각난 듯, 폭포가 아홉 개 있어서 구절폭포라는 이름이 붙여졌냐고 고모부한테 여쭈는 거야. 구절이라는 이름에 담긴 의미가 궁금했던 모양이야. 사실 나도 구절이라고 하니까 분명코 아홉이라는 수와 연결이 됐을 거라고 추측했었어.

고모부가 맛깔스러운 입담으로 전설을 들려주셨는데 요약하자면 이래. 옛날에 아주 먼먼 옛날에 말이야, 신선이 하나 살고 있었대. 이 신선은 인간이 먹는 음식은 먹지 않고 오직 산에서 나는 산삼만 먹었대. 그것도 일 년에 딱, 두 번만 캐어 먹었어. 이상하지 엄마? 왜 하필 두 번일까? 아침점심저녁으로 3번 먹는다고 해도 되고, 봄여름가을겨울 이렇게 네 번을 먹는다고 해도 될 텐데. 아니면 일 년 열두 달, 열두 번을 먹는다고 해도 될 텐데 말이야. 2라는 수는 어디에다 연관을 지어야 할지 모르겠어. 옛날이야기와는 좀 어울리지 않는 것 같아. 어쨌든 사람들이 이 신선을 만나려면, 아홉 구비의 폭포에서 아홉 번 목욕을 하고 아홉 번 절을 하고 또 아홉 번 외쳐 불러야 했대. 그때에야 비로소 사람들 앞에 모습을 나타내니까 이 신선을 구절도사라고 불렀다는 거야. 그가 사는 산 이름은 구절산, 그 산에 있는 폭포는 구절폭포.

그런데 엄마, 구절폭포는 진짜 아홉 개의 폭포를 가리키는 게 아닐 수도 있대. 동양 서양을 막론하고, 또 무속신앙, 신화, 불교, 철학, 가릴 것 없이 다양한 곳에서 아홉이라는 숫자가 나타나는데, 이 숫자가 '최상'이라는 의미를 나타내기도 하고, '완전함'을 상징하기도 한대. 엄마 나는 옛날 사람들이 숫자에다 상징적인 의미를 부여했다는 것에 놀랐어. 우리가 쓰는 언어로는 우주의 신비로움이나 자연현상의 경이로움, 또 심오한 철학적 사유를 담아낼 수 없어서 숫자에다 은유적이고 상징적인 의미를 담아 표현했다는 거야. 수학 시간에 보는 숫자들은 진짜 지긋지긋하고 멀미가 날 것 같은데, 숫자들마다 나름의 깊은 의미를 가지고 있다니 정말 놀라워. 고모부 말씀대로라면 옛날 사람들이 구절폭포를 '구절폭포'라고 이름 지은 건 그만큼 구절폭포의 경치가 아름답고 대단했기 때문일 거야. 구절폭포에 대한 기대감이 점점 더 커졌어.

그런데 말이야 엄마, 고모부가 아홉이라는 수를 설명하시다가 우리나라 신화 속에 9라는 수로 완전함을 이룬 여성이 있다고 하셨어. 이 여성은 나중에 신이 되었는데, 바리데기라나 버리데기라나, 아무튼 태어나자마자 부모로부터 버려진 공주래. 교아가 가엽어라, 하고 인상을 찡그리니까 서아가 왜 버림받았냐고 물었어. 엄마, 근데 그 이유가 뭔지 알아? 진짜 황당했다니까. 글쎄, 딸이라서 버려졌다는 거야. 딸이라서!

말도 안 돼요! 우린 전부 소리를 질렀어. 왕이라는 그 아버지가 계속 아들을 원하고 있었는데, 용이 달려드는 태몽을 꾸고는 이번에야말로 아들이 틀림없을 거라고 백 프로 확신을 했대. 그렇지만 일곱째 자식마저도 딸이 태어나니까 화가 나서 그만 그 아이를 내다 버리라고 명령했대. 첫째 딸부터 여섯째 딸까지는 아쉽고 속상해도 그냥그냥 참았는데, 일곱째마저 딸로 태어나자 그만 미쳐버렸다는 거야. 아, 물론 엄마 미쳤다는 건 내 말이야. 그렇지만 내가 생각하기에 그 왕은 미친 게 틀림없어. 딸이라서 자식을 버리라고 했다니, 미치지 않고서야 어떻게 그런 생각을 해? 그치? 우리는 진짜 있을 수 없는 일이라고 궁시렁댔어. 〈세상에 이런 일이〉라는 프로그램에 나와서 몰매를 맞아야 한다고 말이야. 엄마, 고모부가 그러시는데, 우리가 합리적이지 않은 기준을 가지고 사람을 차별하는 일이 많대. 그 차별 중에서 가장 긴 역사를 가진 것 중의 하나가 성별에 의한 차별이래. 지금은 그 옛날에 비하면 대단히 발전적이라고 할 만하지만 여전히 고쳐 나가야 하는 부분이 많다고 하셨어.

고모부가 차별에 대해 계속 설명을 하시는데, 중간에 서아가 툭 끼어들어서 버려진 바리데기가 어떻게 되었는지 궁금하다고 했어. 그 바람에 이야기는 다시 바리데기로 넘어갔어. 하여튼 김서아……. 얘는 이야기를 너무 좋아해서 탈이야.

엄마도 들어봐. 버려진 바리데기는 비리공덕 할아버지, 비리공덕 할머니가 길렀고 세월은 흘러흘러 어느새 열다섯이 되었대. 그런데 바리데기의 아버지 어머니, 그러니까 왕과 왕비가 병이 들어서 한날한시에 죽게 될 운명에 놓인 거야. 일곱 번째 공주 바리데기를 버린 죄로 말이지. 아하, 내 그럴 줄 알았어. 자식을 버렸으니, 그것도 다른 이유가 아니고 딸이라고 버렸으니, 어떻게 천벌을 받지 않을 수 있겠어? 어쨌든, 병들어 죽어가고 있는 왕과 왕비에게 어느 날 꿈에 푸른 옷을 입은 동자 하나가 나타났어. 왕과 왕비가 살려면 바리데기를 찾으라는 거야. 살고 싶었던 왕은 신하들을 시켜서 일곱 번째 공주를 빨리 찾아오라고 성화를 했어. 무려 15년 전에 버린 딸을 말이야. 때문에 신하들은 우왕좌왕 난리가 났어. 그런데 그중 용한 신하 하나가 어찌어찌해서 바리데기를 찾아냈어. 궁으로 돌아온 바리데기는 어머니 아버지를 안고 통곡을 했대. 어떻게 울지 않을 수 있겠어? 서러워서 울고, 반가워서 울고, 15년 동안 부모 없이 자랐던 그 외로움을 생각하며 울고, 또… 이제야 만난 부모님이 죽게 됐다는 걸 알고 울었겠지. 그때 왕이 일곱 명의 자식을 보며 이렇게 말하는 거야. 산 사람은 못 가고 죽은 혼백만이 갈 수 있는 저승으로 건너가 왕과 왕비, 즉 자신들을 되살릴 수 있는 약을 구해와 달라고 말이야. 첫째가 대답했대. 멀고 먼 저승길에 저는 못 가요. 둘째도 대답했대. 언니가 못 가는 곳이니 저도 못 가요. 셋째도 대답했대. 첫째 언니 둘째 언니 못 가는 곳이니 저도 못 가요. 그렇게 해서 여섯째까지 저승 가서 약을 구하는 일은 못 하겠다고 한 거야. 그때 일곱째 바리데기가 이렇게 말했대.

'저는 열 달 동안 부모님 뱃속에 있었으니 그 은혜가 커서 가도록 하겠습니다.'

자신을 낳아 준 은혜를 갚기 위해 약을 구하러 가겠다고 했다는 거야. 왕과 왕비는 바리데기 손을 잡고 속히 다녀오라고 인사를 했대. 참, 양심도 없다. 그치, 엄마? 어떻게 자기 살자고 자식을 저승에 보낸대? 그것도 밉다고 버린 자식을? 미안하지도 않은가 봐. 나 같으면 절대 그렇게 못 해.

바리데기는 남장을 하고 씩씩하게 길을 나섰대. 도중에 부처님 도움을 받아 큰 바다도 건너도 일곱 개의 지옥도 건너고 마침내 무장승을 만났어. 아, 무장승이 누구냐면, 바리데기의 남편이 된 사람인데 바리데기에게 나무 삼 년 해 달라, 불을 삼 년 때 달라, 물을 삼 년 길어 달라면서 고난에 빠뜨린 사람이야. 그 뒤에는 바리데기한테 일곱 아들을 낳아 달라고 했대. 엄마, 이거 정말 너무 하지 않아? 옛날이야기 속 주인공들은 진짜 타고난 능력자들이라서 온갖 시련과 고난을 이겨낸다지만 9년 동안 노예 부리듯 한다는 게, 이게 정말 말이 되는 소린가 싶어. 왜 그런 걸 참고 견뎌? 난 바리데기가 말 한마디 하지 않고 무장승의 요구에 복종했다는 게 이해가 안 돼. 왜 바보같이 그러고 있었을까? 아무리 무장승이 길 지나는 길값을 내야 한다 해도 당신 요구가 지나치다고 따질 수 있잖아? 왜 해달라는 거 다 해주면서 세월을 보내고 있냐 말이야. 그리고 엄마, 바리데기가 약을 구하러 떠나올 때 엄마 아빠가 곧 병들어 죽는다고 했단 말이야. 그러니까 하루라도 빨리 약을 구해서 돌아가야지. 그치? 그렇다면 중간에 무장승이랑 담판을 지어야지. 왜 맹추같이 그러고 있어? 게다가 무장승이 아이를 일곱을 낳아 달랬대. 일곱을! 그것도 아들을! 무장승은, 진짜, 이기적이야. 딸이면 어떻고 아들이면 어때? 왜 하필 기분 나쁘게 아들만 일곱을 낳아 달라는 거야? 그리고 바리데기는……. 음……. 용감하고 효성스러운 우리의 주인공이기는 하지만, 어쨌든 좀 더… 그래, 좀 더 당차고 현실적으로 대응해야 했어!

에잇, 바리데기한테 아쉬운 게 많지만, 어쨌든 얘기를 계속해 볼게. 바리데기는 무장승이 요구하는 것을 다 들어주고 나서 부모님한테 돌아가겠다고 했대. 무장승은 눈을 뜨게 하는 개안초와 숨을 돌리게 하는 숨살이꽃, 뼈를 살리게 하는 뼈살이꽃, 살을 돋게 하는 살살이꽃, 마지막으로 약수를 건네주고, 일곱 아들과 함께 바리데기를 따라 이승으로 왔대. 여기서 서아가 또 물었어. 왜 저승을 지키는 무장승이 바리데기를 따라왔냐고. 무장승은 당신 없인 못 살아 그랬대. 우리는 이 대목에서 와하하, 웃었어. 고모부가 무장승 흉내 내는 게 우스웠던 것도 있었지만 어마어마하게 크고 무시무시하게 생겼다는 무장승이 당신 없인 못 살아 했다니까 순간 웃기지 뭐야.

돌아오는 길에 바리데기는 죽은 자들의 영혼을 만났는데, 고통스러워하는 그들을 위로하고 극락왕생하도록 해주었대. 그래서 나중에 바리데기는 방울과 부채를 손에 들고 죽은 영혼을 저승으로 인도하는 무당이 되었대. 바리데기 엄마와 아빠는 어떻게 되었냐고? 이미 죽었었지만, 바리데기가 구해 온 약초와 약수로 살아났대. 뼈살이꽃으로 몸을 쓰윽 만지니까 뼈가 되살아나고, 살살이꽃으로 또 쓰윽 하니까 새살이 돋았대. 숨살이꽃은 숨을 틔우게 했고, 개안초는 눈을 뜨게 했다나 봐. 그리고 마지막으로 약수를 입안에 흘려 넣으니까 짜잔~ 죽어있던 생명이 벌떡 일어났다는 거야. 뼈살이꽃, 살살이꽃, 숨살이꽃……. 참, 이름도 멋지다, 그치, 엄마? 옛날이야기 그대로 바리데기 이야기는 해피엔딩으로 끝이 났어.

교아가 참 잘 됐다, 하고 손뼉을 쳤어. 엄마, 그때 내 마음도 마찬가지였어. 정말 잘 됐다고 했어. 옛날이야기들은 그래서 재미가 있나 봐. 아픈 사람도 없고 죽는 사람도 없고 모두 모두 행복해지니까 말이야. 듣고 나면 마음이 참 좋아.

그사이 차는 구절산 아래로 들어가고 있었어. 나는 우리 집이랑 이렇게 가까운 곳에 폭포가 있다는 게 믿기지 않다고 혼잣말을 했어. 그걸 고모부가 들으셨는지 이렇게 말씀하셨어.

"네 아빠가 좀 바빠야지. 조금만 돌아보면 쉴 곳도 많고 볼 것도 많은데……. 젊은 놈이 쉴 때를 몰라서 그게 걱정이더니만, 이제는… 아이고, 참……."

고모부 한숨이 길어지셨어. 한숨에 담긴 뜻을 우리 셋은 다 알아. 서로 말하지 않아도.

아빠는 언제나 바쁘셨지. 학원을 운영하는 학원장에게 가장 중요한 일정은 1학기에 두 번, 2학기에 두 번 치르는 시험. 물론 그것만 중대한 것이 아니었어. 봄이 오기도 전부터 새 학년 새 학기 준비로 바빴고, 여름이나 겨울방학에는 학생들의 부족한 부분을 분석하고 보충하느라 바빴어. 초등학교에서 중학교로 진학하는 학생들의 상담과 중학교에서 고등학교로 진학하는 학생들의 개별 상담도 해야 했어. 학부모님을 만나 그들의 기대와 그들의 탄식을 듣는 일에도 함께했어. 졸업생들이 찾아오면 함께 밥을 먹어야 했고 곤란에 빠진 졸업생 아무개의 소식을 들으면 그를 찾아보는 수고로움도 마다하지 않았지. 주말이면 우리를 돌보고 일가 친척들을 돌보는 일에도 바빴고 중요한 절기에 치러지는 문중 어른들의 대소사에도 빠질 수가 없었어. 아빠에게 있어 일은 얼굴에 바르는 로션처럼 일상적인 것이었어. 손발톱을 깎는 일처럼 주기적이고 규칙적인 것이었지. 오전에 출근하여 깜깜 밤에야 돌아올 정도로 주렁주렁 늘어지고 끝을 모르는 것이었어.

고모와 고모부는 제발 좀 쉬라며 잔소리를 했지만, 아빠는 일을 줄이지 못했어. 아빠가 쉴 수 있도록 아빠 몫의 수업과 학원 운영에 필요한 갖가지 일들을 고모와 고모부가 대신했지만, 그래도 아빠 일은 줄지 않았어. 마침내 고모는 아빠에게 '일 중독자'라며 고함을 쳤어. 그래도 아빠의 일과는 바쁘기만 했지.

지금 고모부의 한숨은, 그렇게 살아왔던 아빠를 안타까워하시는 거야. 게으름 한 번 피우지 않고, 달콤한 낮잠 한 번

즐기지 못했던 아빠가, 더욱더 가혹하고 잔인한 짐을 겹겹이 지고 있는 것이, 그것이, 속상하신 거야.

"여기다. 다 왔다."

고모부가 구절산 중턱에 만들어진 주차장에 차를 세우셨어. 아담한 주차장 입구에 여러 대의 승용차가 보였어. 우리는 고모부를 따라 계곡을 끼고 난 가파르고 좁은 길을 오르기 시작했어. 계곡물은 요란한 소리를 내며 흘러내리고 있었어. 구불구불 펼쳐져 있는 널찍한 바위, 울퉁불퉁 솟구쳐 오른 모난 바위, 크고 작은 돌덩이 사이사이로 맑은 물방울을 튕겨 올리며 콸콸거리고 있었어. 이렇듯 경사가 급해 고여 있을 새도 없이 흘러내리니, 비 온 뒤 폭포가 절경이라는 고모부 말씀이 당장 이해가 됐어. 날이 가물면 계곡물은 거의 말라 버릴 것 같아. 아무리 산이 깊어도 말이야.

"아아, 봄이다!"

고모부가 산 아래로 펼쳐진 초록의 나무들과 산 위로 힘차게 뻗쳐오르는 초록의 덤불과 그 위로 파랗게 맑은 하늘빛을 두루두루 쳐다보시다가 성악가처럼 소리를 높이셨어. 우리도 멈춰 서서 고모부를 따라 사방을 둘러보았어. 미어캣이 꼿꼿이 허리를 세우고 동서남북 살펴보듯이 말이야. 어리고 겁 많은 그것들이 엄마를 따르듯 쪼르르 그렇게 말이야.

산바람 소리,

물소리,

그리고 지저귀는 새소리.

엄마, 소리는 소리대로, 산은 산대로, 겹겹이 펼쳐지며 참으로 풍요로워 보였어.

“아아, 좋다!”

고모부는 또 한 번 목청을 높이셨어. 거칠 것 없이 달려 내려가는 계곡물 소리에는 지지 않겠다는 듯 말이야.

엄마, 학교 앞 벚꽃이 3월 하순부터 피기 시작했어. 유난히 따뜻한 날씨에 이례적으로 벚꽃이 일찍 개화를 시작했다는 뉴스가 TV 채널마다 흘러나왔지만, 나는 그 꽃을 단 한 번도 올려다보지 않았어. 고모네 아파트 산책로를 따라 주욱 늘어서 있는 벚꽃이 뭉게뭉게 구름길을 이루고 있었을 테지만 나는 눈길 한 번 주지 않았어. 그러나, 그게 어디 나뿐이었을까. 우리 모두가 그랬을 거야. 겨울을 이겨내고 꽃잎을 피웠다는 감격 한번 없이, 곱고 어여쁘다는 감탄 한번 없이, 저 남극의 빙하처럼 하이얀 꽃성을 이루었다는 환호 한번 없이, 그렇게 우리는 꽃피는 때를 보냈어.

그런데 엄마, 오늘 보니, 4월은, 눈이 푸르도록, 이토록 눈이 시리도록, 진초록의 숲을 이루어 우리 곁에 와있었어. 나는 속으로 가만히…… 엄마 얼굴을 그리며 이렇게 물었어. 엄마, 봄인가 봐. 다시금 속삭였어. 침대에 있는 엄마의 머리칼을 어루만지며 귀엣말을 했어. 엄마, 엄마도 이 봄길 속으로 와 주었으면. 그랬으면 정말 좋겠다.

"자, 어서들 가봅시다!"

내가 상념에 빠져 있는 걸 아시는 듯 고모부가 재촉을 하셨어. 나는 큰 걸음의 고모부를 바싹 쫓아 올랐어.

그리고 조금 후!

거대한 폭포가 눈앞에 나타났어. 폭포는 하이얗고 기다란 거미줄 수만 갈래가 펼쳐져 내리는 것 같았어. 아냐, 어울리지 않아. 고작 거미줄이라니. 그건 언젠가 TV에서 보았던 가닥가닥 늘어진 마알간 국수 가닥 같았어. 줄에 늘어져 하늘하늘 흔들리는, 한없이 고운. 아니 이것도 맘에 들지 않아. 그것은 구절산 저 높은 어디에선가, 근원을 알 수 없는 그 어디에선가, 유전이 터져 오르듯 희디흰 우유가 솟구쳐 올랐다가 감당할 수 없는 중력의 힘과 함께 이곳으로 떨어져 내리는 듯했어. 폭포는 높은 바위 벼랑을 V자로 파내면서 쏟아져 내렸어. 수만 년, 수억 년의 시간 동안, 멈추지 않았을 형세는, 우리를 향해 널찍한 가슴을 열고 선 바위 아래로 겁도 없이 내닫고 있었어. 마구마구 문질러진 그 가슴은 박 껍질처럼 맨질맨질해져서 폭포는 멈출래야 멈출 수 없다고 더 하얗게 소리를 지르는 것 같았어.

서아가 달렸어.

교아도 달렸어.

훌쩍 날아올라 폭포 아래로 들어갈 듯한 기세로!

둘은 멈추었어.

가장 가까이, 우리가 닿을 수 있는 가장 가까운 그곳에까지 달려가 멈추었어.

폭포!

한껏 목을 젖혀 올려다본 폭포는 세상의 모든 것들을 깨끗하게 씻어버리겠다는 듯 기세 좋게 떨어지고 있었어. 세상이 어둡고 더러운 것에 싸여 있다면 그것을 홀딱 벗겨내 버리겠다는 투지로 달려 내려오고 있었어.

엄마, 우리는 황홀하게 그것을 바라보았어. 폭포수는 방울방울 부서져 흩날리며 바람에 실려 우리에게로 왔고, 우리는 그 선선하고 촉촉한 기운에 젖어들었어. 비 온 뒤라 구절폭포가 장관을 이룰 거라는 고모부 말씀이 맞았어. 참으로 속 시원한 장관이었어. 물 날 때 조개 캔다는 고모부 말씀은 진정 명언이었어. 비 없는 날 왔더라면 이 절경은 보지도 못했을뿐더러, 이토록 멋진 풍광을 어찌 상상이나 할 수 있었겠어?

서아가 무릎을 굽히고 가만히 앉아 물속에 손을 담갔어. 엷어진 햇살이 반짝반짝하는 그 맑은 물에 거멓게 딱지가 말라붙은 손을 담갔어. 그리고 이렇게 말하는 거야.

"언니, 이 물에 목욕을 하면 몸이 다 나을 것 같아!"

아…….

"몸이 깨끗해질 것 같아!"

엄마,

목젖이 찢어지는 것 같아서,

난,

아무 말도 못했어.

물빛보다도 화안한,

서아의 그 눈을 보면서,

나는,

아무 말도 못했어.

30. 여름을 준비하러

엄마, 낮에 우리 집에 다녀왔어. 현관문을 열자 묵직한 공기가 우리를 맞으러 나오더라고. 우리는 창문부터 열었어. 주방 옆에 있는 작은 이중창은 안쪽 창과 바깥쪽 창이 서로 어긋나게 열려 있었어. 엄마가 떠날 때 해 놓은 그대로 말이야. 나는 한쪽으로 밀어젖혀 환기를 했어. 아빠는 베란다 문을 힘껏 열고, 서아와 교아도 각 방에 있는 창문을 모두 열었어. 그다음에는 베란다 옷걸이에 걸려있던 옷가지들을 정리해서 옷장에 넣었어. 두꺼운 양말, 두꺼운 셔츠, 두꺼운 잠바들……. 시간은 솜이 들고 털 달린 옷들을 내버려 두고 저만치 달아나버렸어.

그다음 우리는 얇고 짧은 옷들을 챙겼어. 할인마트에서 산 부직포 옷상자에 각자의 옷들을 꺼내 담았어. 얇은 잠옷도 챙겨 넣었어. 내가 여름교복과 체육복을 담는 동안 교아는 침대에 걸려있던 해먹을 떼어왔어. 초아를 태워줄 거라고.

거실에 모인 우리는 냉장고 정리를 했어. 오랫동안 손발 맞춰 노동을 해온 동료들처럼 소리도 내지 않고 채소와 과일, 계란과 밑반찬들을 모조리 치웠어. 나는 빌라 앞에 있는 음식물 쓰레기통에 그것들을 가져다 부었어. 아빠는 설거지를 하고 서아는 반찬통을 베란다에 가져다 펼쳤어. 교아는 그것들을 빛이 드는 창 앞으로 줄을 세웠지.

삽시간에 집안 정리를 끝낸 우리는 각자의 부직포 옷상자를 들고 다시 거실에 섰어. 나는 엄마가 늘 하던 대로 주방 창문을 교차하여 열었고 아빠는 베란다 창문을 굳게 잠갔어. 그리고 총총히 집을 떠났어.

엄마, 차에 오르며 나는 계절이 바뀌어도 옷장 밖으로 나오지 않는 엄마 옷들을 생각했어. 초아에게 입힐 배냇저고리와 싸개들이 서랍장 안에 가지런히 놓여있는 모습도 떠올렸어. 차창을 내리고 우리 집을 바라봤어. 얼마가 될지 모를 시간 동안 다시 고요 속에 잠겨 있게 될 우리 집을. 우리들의 웃음소리와 가벼웠던 우리들의 대화, 부산한 아침 시간들은 잘게잘게 분자로 쪼개어져 집안 구석구석을 맴돌고 있게 될 거야. 조그맣게 열린 주방 창문을 통해 들어온 봄바람에 실려 이 방 저 방을 떠돌다 때로는 거실에도 앉겠지. 식탁 위에도 내려올 테고. 그러다 지치면 우리가 누워 자던 침대 위에도 가만히 앉아 쉬겠지. 우리가 오기를 기다리며. 우리 모두가 돌아오기를 기다리며 말이야.

31. 행복한 교아 하우스

공예 교실에 갔던 교아가 오늘은 정원이 딸린 집을 만들어 왔어. 제법 집같이 꾸며졌어. 한번 들어봐, 엄마. 지붕 위에 〈행복한 교아 하우스〉라는 문패를 커다랗게 만들어 붙인 2층 주택인데 1층 현관 출입문 위에는 전등이 달려있어. 이 앙증맞은 전등은 세상에! 어두워지니까 불까지 켜져. 야트막한 담장은 네모지고 둥근 벽돌로 둘렀는데 사실 담장이라기보다는 우리 집 마당이라는 것을 표시하기 위해 경계석을 둔 정도밖에는 안 되겠더라고. 아니 이건 안팎을 구분하는 경계석도 못 돼. 그냥 마당이나 꾸미는 정원석이지. 아무나 막 밟고 집으로 들어오겠던걸.

마당에는 널찍하고 동그란 탁자가 하나, 그리고 그 주위로 아기자기한 의자들이 여섯 개가 놓였어. 푸른 나무가 몇 그루 심어진 작은 화단이 왼편에 있고 이층집의 오른편 마당은 전부 수영장으로 꾸며졌어. 딱 쳐다봐도 수영장이 집보다 훨씬 커서 내가 하하, 웃어줬지. 부잣집의 거대한 수영장을 욕심낸 게 아니라면 이건 교아가 만들면서 크기 조절을 잘못한 게 틀림없어.

내가 왜 사람이 하나도 없냐고 물었어. 그러니까 교아가 전부 집 안에 있다며 능청을 떨잖아. 시간이 없어서 못 만들었거나 조몰락거리다가 실패했겠지. 그치, 엄마? 어쨌든 칭찬을 많이 해줬어. 아주 아주 잘 만들었다고. 진심으로, 잘 만들기도 했고.

엄마, 교아는 이런 것 만드는 데 재주가 있는 것 같아. 나는 생각만 해도 질색인데. 어떻게 가만히 앉아 잘라 붙이고 이어 붙이고 만들어 붙이고 하냔 말이야. 엉덩이에 피가 안 통해서 뻣뻣하게 마비가 올 것 같아.

저녁에 고모가 일찍 들어오셨는데 교아 작품을 보시고 또 야단이 났어. 엄마, 교아 요것이 공예 교실 갔다 오면 제가 만든 것을 일부러 식탁 위에 올려두거든. 어른들 보시라고 말이야. 차례차례 들어오신 고모랑 고모부랑 오빠가 돌아가면서 감탄을 하니까 이게 퍽 재미가 있나 봐. 이럴 때 보면 교아가 아주 용의주도하다니까!

고모는 아이고! 아이고! 요걸 어떻게 만들었냐 이건 왜 만들었냐 이건 또 뭐냐 아주 상세히도 물어보셔. 교아는 질문마다 또박또박 대답을 하면서 자기의 작품 세계를 자랑하는데 이건 뭐 세계적인 작가가 따로 없어. 그러다가 고모가 뚝 말씀을 그치셨어. 마당 앞쪽으로 만들어진 화단을 유심히 보시다가 나무와 나무 사이에 걸려있는 거미줄 같은 게 뭐냐고 물으셨어. 우리도 그제야 자세히 들여다보았더니 주황색 실 하나가 걸쳐져 있는 거야.

“어, 그렇네요? 진짜 거미줄 같은 게 있네요. 야, 이게 뭐야?”

나뭇잎에 가려져서 잘 보이지 않은 탓도 있었지만 사실 너무 작고 가늘었어.

“아, 그거?”

교아가 눈을 반짝했어.

“고모, 그건 해먹이에요. 초아 오면 태워줄 거예요.”

엄마, 그 순간 고모의 얼굴에서 파란 하늘이 걷혔어. 수영장에 뚱뚱한 고모가 탈 커다란 튜브를 띄워야 한다, 고모 의자는 안 만들고 너희 식구 여섯 앉을 의자만 만들었냐 섭섭하다, 마당에 잔돌을 길게 깔아서 비 오는 날 신발이 젖지 않고 집에 들어갔으면 좋겠다며 호호호 하시던 고모의 얼굴에 일순간 하늘빛이 사라져 버린 거야.

“그렇구나…… 이게 해먹이구나!”

고모가 잔잔히 웃어 주셨어.

“우리 초아를 태워줄 해먹이구나…….”

32. 속도

“왜 강아가 대답을 하니?”

“응?”

“교아가 해야 할 말을 강아가 하잖아.”

그때 우리는 저녁밥을 먹는 중이었어. 오빠의 딱딱한 말투에 우리는 수저를 든 채 서로의 얼굴만 멀뚱히 쳐다보았어. 오빠의 그런 말투는 낯설기만 해서 더는 밥숟가락을 옮기지 못할 것 같았어. 무엇을 잘못했는지 전혀 알 수 없는 상황이었지만, 어쨌거나 오빠의 말은 내가 잘못했다는 거였어.

순식간에 기분이 울적해졌어.

조금 후, 오빠가 밥을 먹으라고 반찬을 우리들 쪽으로 밀어주고 따뜻한 찌개를 새로 담아왔어.

“자, 밥들 먹으세요. 강아답지 않게 웬 주눅이야?”

오빠 목소리에는 다시 활기가 넘쳤지만 내 기분은 롤러코스터 하강 코스를 계속 내달리고 있었어.

엄마, 그때까지 우리는 학교 얘길 하며 즐겁게 밥을 먹고 있었거든. 서아가 자기 반 얘길 해줬었어. 애들이 등교해서 게임을 신나게 하고 있는데 담임 선생님이 오셔서 핸드폰을 걷으라고 했대. 그때 남자애 하나가 선생님 잠깐만요, 이 판만요. 하고 애원을 했대. 선생님이 핸드폰 내세요. 다시 말씀을 하시는데, 그 아이가 한다는 소리가 '인내하고 최선을 다하고 있습니다.' 이렇게 했다는 거야. 그 순간 선생님이 까르르르 웃음이 터졌대. 남자애들은 게임한다고 심각하고 여자애들은 자기들 할 짓 한다고 바쁜 와중에 선생님 혼자서 웃으신 거야. 애들은 지금까지 담임 선생님이 그토록 큰 소리로 웃는 것을 본 적이 없었대. 선생님 웃음소리에 놀라기도 하고 우습기도 하고 선생님이 웃으니까 덩달아 하하하하 웃어 젖혔다는 거야. 온 반이 다 웃었다는 거야. 선생님은 손등으로 눈물을 찍어내고 다시 티슈로 눈가를 조심조심 닦아내면서 계속 웃었대. 조례를 하러 오셨던 옆반 선생님, 그 옆반 옆반 선생님들 모두가 놀라 달려왔는데, 배를 잡고 웃고 책상을 두드려대며 웃고 책상에 엎어져서 웃는 모습들을 보고는 기가 찬다는 듯이 픽 웃고들 가셨대. 한참 뒤에 다들 지쳐서 웃음이 멎었는데, 그래도 여기저기서 키득키득하는 소리가 간간이 들렸대. 반장이 물었대. 선생님 아까 왜 웃으셨어요? 웃음의 진앙지가 선생님이니까 물었던 거지. 선생님이 웃는 낯으로 되물으시더래. 너희는 왜 웃었니? 애들은 뚤레뚤레 서로를 쳐다보고는 거의 똑같은 대답을 했대. 선생님이 웃으시니까요.

선생님은 벙긋 웃는 얼굴로 옷매무새를 만지고, 머리를 다듬고, 다시 티슈로 눈가를 닦아내더니 아까 그 아이의 이름을 불렀대. 게임 하게 조금만 더 시간을 달라고 하던 애 말이야. 영제야! 예! 그 아이가 씩씩하게 대답했어. 우리 영제가 기특해서 웃었지. 아이들이 영문을 몰라 서로 얼굴을 쳐다보며 눈으로 물어댔어. 뭐가? 뭐가? 선생님이 계속 말씀을 하셨대. 어제 도덕 시간에 우리가 인내하고 최선을 다해야 한다고 배웠잖아? 그런데 그새 우리 영제가 그걸 완벽하게 익혀서 생활 속에서 실천하고 있으니 놀랍잖아. 인내하고 최선을 다한다! 정말 멋진 말이야! 그러면서 또 눈가를 닦아내셨대.

오빠가 여기까지 듣고는 그 선생님이 왜 웃었는지 알 것 같다고 했어.

"이게 왜 우스워?"

나는 사실 전혀 우습지 않았거든. 오빠는 인내하고 최선을 다하라는 말이 아이들의 게임 상황하고는 전혀 어울리지 않으니까 선생님이 웃었다는 거야. 휴대폰 화면에 손가락을 마구 눌러대는 상황에 어울리지 않는 진지한 태도와 문장이 선생님을 낯설게 했다는 거지.

"낯설다고? 그건 무슨 말이야?"

"익숙하지 않다는 거야. 익숙하면 웃음이 나지 않아. 사람들을 웃게 만드는 것에는 여러 가지가 있지만 공통적으로 우리가 생각지 못했던 것, 독특한 것, 낯선 것, 이런 것들이 웃음을 만들어 내거든."

"난 잘 모르겠어. 인내하고 최선을 다한다는 말이 우습지도 않고."

"나는 웃긴데?"

오빠는 진심으로 웃긴다는 표정이었어.

"나도 우습지 않아."

서아였어.

"나도."

이번엔 교아.

"거봐, 하나도 재미없다니까. 아무래도 오빠하고 서아 담임 선생님하고 비슷한가 봐. 시시한 소리에 웃는 걸 보면 개그 코드가 맞나 봐. 저- 밑에서."

나는 오빠의 개그 수준이 낮다고 손가락으로 바닥을 가리켰어.

"얘 보게……. 국보급 수준의 개그 감각을!"

오빠가 부러 인상을 험악하게 쓰며 대꾸를 했어.

엄마, 우린 이렇게 놀면서 떠들면서 밥을 먹고 있었단 말이야.

그런데 어느 순간 오빠가 카멜레온처럼 돌변해서 음성을 차갑게 하니까 밥이 넘어갈 턱이 있나.

"많이들 먹어라. 다 먹고 나면 내가 토마토 갈아줄게."

오빠는 평소에 없던 서비스까지 해주겠다고 했어. 우린 묵묵히 밥을 먹었어.

"오빠, 왜 아까 화가 난 거야?"

질문쟁이 서아가 기어코 물어보며 오빠와의 대화가 다시 시작됐어.

"누가 화가 나?"

"오빠가."

"나 화 안 났는데?"

"아까 오빠가……."

“에이……. 그게 무슨? 내가 진짜 화가 났으면 식탁을 냅다 집어 던지고 헐크처럼 방방 뛰면서 으… 김칫국물 옷에다 묻히고… 여기저기 밥알 튀고… 에이, 더러워라…….”

옷에 묻은 오물을 털어내는 헐크처럼 혀를 빼물고 인상을 쓰는 오빠를 보고 교아가 히히히 웃음소리를 냈어.

“야, 그런데 교아야!”

오빠의 목소리가 점잖아졌어.

“주스 맛있었니?”

“응.”

“그런데 왜 나한테 고맙다고 안 해? 언니들은 다 했는데?”

“…….”

“맛이 없었나 보네? 설탕을 팍팍 더 넣었어야 되나? 강아, 다음에는 설탕 더 넣을까?”

“아니, 오늘 게 딱 좋아. 맛있었어.”

“그렇지만 김교아 고객님께서는 불만족인 것 같아. 평점 1점. 10점 만점에 1점이라, 이거 큰일인데 우리 사장님한테 쫓겨나겠는데?”

오빠의 너스레에 교아가 배시시 웃으며,

“맛있었어.”

"그렇지! 맛있다고 해야 서비스하는 맛이 나지! 안 그래?"
교아가 머리를 까딱하는데, 서아는 그 집요한 본색을 또 드러냈어.
"오빠, 그러면 아까는 왜 그랬어?"
"음……. 이거 난감한걸?"
"뭐가?"
"나는 진지하게 물었을 뿐인데, 자꾸 오해들을 하시네?"
"화난 게 아니었어?"
"화 날 이유가 있나? 교아한테 질문했는데 왜 강아가 대답하느냐고 물었을 뿐이지. 교아야 넌 어땠니?"
"……."
"아까 오빠가 화난 것 같았어?"
교아는 대답을 안 하고 내 얼굴을 물끄러미 쳐다봤어.
"오빠가 물었잖아? 나 말고 오빠 얼굴을 봐야지."
내가 이렇게 말을 했는데도 교아는 계속 내 얼굴만 쳐다보고 있었어.
"야, 오빠가 묻잖아. 대답해."
내가 재촉을 했어.
교아는 얼굴을 일그러뜨렸어.

"야, 너 또 울려고 그래?"

엄마, 갑자기 가슴이 답답해졌어.

"이거 울 일 아니잖아. 그냥 대답만 하면 되는 걸 가지고 왜 그래? 어려운 것도 아니잖아!"

기어코 교아는 훌쩍이기 시작했고, 서아는 도리어 나를 향해 눈을 부라렸어. 왜 애를 울리냐고 말이야. 그렇지만, 엄마, 내가 교아를 울린 게 아니잖아. 그냥 빨리 대답하라고 했을 뿐이야. 매번 이렇게 내 얼굴만 빤히 쳐다보고 있으면 어쩌자는 거야?

아! 그래, 생각났어!

아까 오빠가 교아한테 뭔가를 물었어. 그런데 교아가 나를 쳐다보잖아. 묻는 말에 대답은 안 하고 말이야. 그래서 내가 교아 대답을 기다리다 못해 오빠한테 대신 대답을 해준거야. 오빠가 기다리는데 대답을 안 하면 얼마나 답답해하겠어? 그랬더니 갑자기 오빠가 돌바닥처럼 딱딱한 목소리로 왜 강아가 대답하니? 이렇게 따져 물은 거였어. 엉뚱하게 나한테 불똥이 튄 거라고.

서아가 교아 어깨를 토닥였어. 교아 울음소리는 낮고 무겁게 흘렀어. 그러거나 말거나 나는 방으로 들어가 버렸어. 대체 왜 그러는 거야? 왜 걸핏하면 우는 거냐고? 고함을 빽빽 지르고 싶었어. 나는 이불 위에 엎드려 베개로 입을 콱 틀어 막았어. 날 보고 어쩌라는 거야? 날 보고 대체 어떡하라고!

시간이 얼마나 흘렀는지 모르겠어. 오빠가 부르는 소리에 밖으로 나갔어. 다시 식탁 앞에 앉았지. 교아는 세수를 했는지 머리카락이 젖어있었고 눈동자에는 반짝반짝 머루 빛 생기가 도는 것 같았어. 서아는 헤헤거리며 오빠 앞에서 조잘거리고 있었고. 안 봐도 훤해. 이렇게 분위기가 싹 달라진 걸 보면 오빠가 교아와 서아를 위해 또 뭔가 열심히 연극을 했을 거야. 어떤 연극을 한 거냐고 묻고 싶지는 않았지만…… 그래도 엄마, 오빠가 있어 얼마나 다행인지 몰라. 진심으로…… 오빠가 있어서 고마워.

엄마, 오빠는 교아와 걸음에 대한 이야기를 나눴어. 아빠랑 교아가 함께 갈모봉에 가면 키가 큰 아빠와 키가 작은 교아의 걸음이 어떻게 비슷하게 맞춰질 수 있느냐고 물은 거야. 그러자 교아는 아빠가 천천히 걷고 자기는 빨리 걷는다고 대답했어. 오빠는 지금까지 자신이 들은 대답 중에서 가장 현명한 대답이라고 칭찬을 했어. 교아가 헤벌쭉 웃었지.

오빠는 다시, 서아 언니랑 걸을 때는 어떻게 하느냐고 물었어. 교아는, 그때는 그냥 보통으로 걷는다고 답을 하며 서아 얼굴을 쳐다봤어. 자기 말이 맞지 않느냐고 동의를 구한 거지. 서아가 고개를 끄덕였고. 오빠는 교아의 대답이야말로 정답 중의 정답이라고 또 추켜세웠어. 당연한 소리를 가지고 오빠는 일부러 유난을 떨어. 이렇게까지 안 해도 될 텐데……. 하여튼 오빠는 배우 기질이 있다니까.

오빠가 말했어.

"이 세상에 존재하는 것들은 모두 속도가 달라. 사람이든 동물이든. 사람이 만들어 놓은 기계든, 우리 삶에서 벌어지는 어떤 사건이든 간에, 모두 다 나름의 속도를 가지고 있어."

"속도가 다르다고?"

서아가 가만히 물었어.

"너희들만 해도 밥 먹는 속도, 옷 입는 속도, 머리 감는 속도, 다 다르잖아?"

오빠 말에 서아가 맞장구를 쳤어.

"맞아."

"아빠의 걸음 빠르기와 교아의 걸음 빠르기가 다르듯이 강아가 생각하고 대답하는 속도는 교아가 생각하고 대답하는 속도와 차이가 난단 말이야. 내가 아까 물었을 때, 강아가 보기에는 별것 아닌 질문이었지만 교아의 머릿속은 대단히 복잡하고 빠르게 움직였을 거야. 왜 대답을 안 하고 우물쭈물하느냐고 강아는 답답해했겠지만, 교아는 이렇게 말을 해야 하나? 저렇게 말을 해야 하나? 얼른 생각나는 단어는 없고 그래서 그걸 찾아내느라고 진땀을 뺐을걸?"

"오빠가 그걸 어떻게 알아?"

서아가 또 오빠 말에 꼬리를 달기 시작했어.

"나도 어릴 때 그랬으니까."

"오빠가 그랬다고?"

"고모가 얘기 안 하던가? 내가 여섯 살까지 말을 못 했다고."

"진짜?"

"그럼."

"진짜?"

"우리 집안 전설인데 여태까지 그걸 못 들었어?"

"대박! 진짜 여섯 살까지 말을 못 했다고?"

"틀림없는 사실이야."

"그런데 어떻게 지금은 이렇게 말을 잘 하지?"

"여섯 살 때까지는 내 언어회로가 또래들보다 좀 느릿느릿 달렸겠지.

"달팽이처럼?"

"글쎄, 달팽이한테 물어보면 자기는 언제나 빨리 달리고 있다고 말할지도 몰라. 매순간 최선을 다해 움직이고 있다고 말이야."

"달팽이가? 얼마나 느린데?"

여기서 내가 끼어들었어. 서아가 이렇게 물고 늘어지면 끝이 없단 말이야. 아무리 오빠라도.

"야, 오빠가 상대적인 거라고 했잖아."

"옳거니! 강아, 핵심을 잘 찾아냈어. 좋아!"

"달팽이는 우리보다 상대적으로 느릴 뿐이라잖아. 상.대.적.으.로!"

엄마, 서아는 오빠가 지금까지 한 말이 무슨 뜻인지 못 알아들은 게 틀림없어. 눈을 홉뜨고 잠시 가만있더니,

"대박! 믿을 수가 없어. 나중에 고모 오시면 진짜 물어볼 거야. 여섯 살 때까지 말을 못 했다니!"

다시 또 이 소리를 중얼거리며 심각한 표정을 짓잖아. 에

휴~ 제아무리 똑똑한 척을 해도 초등학생일 뿐이라니까.

"자, 동생들! 교아가 함께 걷고 있는 상대에 따라 걸음을 달리하는 것처럼 자신의 속도를 조절할 줄 알아야 한단 말씀을 끝으로……."

"오빠, 무슨 말인지 알겠어. 나보고 교아 속도를 기다리란 거지? 교아가 대답할 때까지 기다려줄 줄 알아야 한다는 말이잖아."

나는 제법 똑똑한 학생처럼 오빠가 하려는 말을 깔끔하게 정리해 줬어.

"그뿐이 아니지."

"또 뭐가 있어?"

"아빠 걸음을 맞추려고 빨리 걷는 것처럼……."

"……."

"교아도 언니들 속도에 비슷하게 맞추어가도록 노력해야 한다는 거지."

"OK! OK! 난 알아들었어!"

나는 손가락을 가볍게 튕겨 딱딱 소리를 냈어. 리듬을 맞추는 가수처럼 고개까지 흔들면서.

"나도!"

믿을 수 없지만 어쨌든 서아도 이렇게 대답하더라고. 그러자 오빠는 여전히 머루 빛으로 빛나고 있는 교아의 눈을 들여다보고 말했어.

"교아야, 우린 함께 가니까 말이야."

교아가 오빠를 향해서 고개를 끄덕였어.

33. 안에서 똑똑 밖에서 톡톡

엄마, 오늘은 초아가 초롱초롱 눈을 뜨고 있었어. 까만 눈동자를 가만가만 굴리잖아. 내가 입술을 모아 가느다란 바람을 후— 부니까 눈을 깜빡 감는 거야. 얼마나 예쁜지 몰라. 팔다리를 힘차게 젓지는 않았지만, 엄마가 예전에 교아 발바닥을 간질간질하듯이 살짝 만졌더니 고 조그만 발바닥을 활짝 폈다가 오므리는 거야. 깜찍했어. 한층 더 자란 머리카락을 어루만져주었어. 다리에 살도 더 올랐고, 입술은 노랫말에 나오는 앵두처럼 발그레하고 앙증맞았어.

교아는 초아한테 고모 집 거실에 해먹을 걸어놨다고 자랑을 했어. 지난번에 교아가 만들어온 작품의 나무에 걸려있는 해먹을 보고 고모가 그날로 바로 해먹을 고정할 스탠드를 주문하셨거든. 스탠드를 보고 교아는 야단이 났어. 깡충깡충 뛰고 난리도 아니었지. 고모가 아래층 사람들이 뛰어올라온다고 겁을 먹을 정도였다니까. 교아는 우리 집 이층 침대 기둥에다 걸었을 때보다 해먹이 훨씬 크게 흔들려서 좋다는 말을 들려줬어. 오빠가 눈독을 들이고 탐을 내서 절대로 누워서는 안 된다고 못을 박았다는 얘기는 서아가 해

줬고. 오빠가 교아 골린다고 일부러 그랬는데, 교아는 오빠로부터 해먹을 사수하느라고 안절부절못했어. 우린 다 배를 잡고 웃어댔건만 교아만 눈물이 그렁그렁해져서 오빠 뒤를 쫓아다녔어. 해먹 훔쳐가지 않겠다는 약속을 받아내느라고 말이야.

엄마, 요즘 영화를 많이 보기 시작했어. 웨어러블 컴퓨터가 등장하는 영화들이야. 주로 첩보물 영화나 SF영화에 등장하더라고. 처음에는 웨어러블 기술에 관한 책을 찾아보려고 했었는데 도서관에 있는 책들이 다 어려워. 용어도 어렵고 무슨 말인지 도통 모르겠어. 내가 책을 한 권 빌려왔는데 아빠도 모르겠대. 읽는 거야 천천히 읽겠지만 설명을 하기가 어렵대. 지식이란 건 머릿속에 저장이 되면서 서서히 자신의 것이 되어야 하는 건데, 전문적인 기술 용어부터가 어렵고 원리를 설명하는 부분에서는 아빠조차도 머리가 터질 것 같대.

그렇지만 우리는 이 책을 천천히 읽어가기로 했어. 2학년 때 국어 교과서에 최재천 선생님 글이 있었거든. 그 선생님이 '도전'해서 책을 읽고 또 읽다 보면 그 분야에 뭔가 쌓이게 된다고 했어. 계획을 세워서 읽으면 처음에는 고통스럽지만 나름의 읽는 방법을 터득하게 된다고도 했어. 작년에 이 글을 읽을 때는 그냥저냥 예사롭게 지나쳤어. 시험 치려고 외워두었던 중심 문장 정도밖에 여겨지지 않았어. 그런데 내가 이 책을 읽겠다고 마음을 먹고 보니까, 아, 이런 게 바로 도전이구나! 싶은 거야. 그리고 그 선생님 말씀대로 나름의 읽는 방법을 터득하게 될 때까지 읽어보겠다는 묘한 오기 같은 게 생기더라고. 내가 이 얘길 했더니 아빠가 엄청 좋아하는 거 있지.

그리고 내가 영화도 보겠다는 아이디어를 냈어. 전에 어디서 봤는데, 인류가 상상했던 모든 것, 그러니까 우리가 꿈꾸어 왔던 것들이 과학이라는 이름으로 실현되었대. 상상하기 좋아하는 사람들이 문학이나 영화 속에서 무한히 자유로운 그림을 그려내면, 누군가는 허무맹랑하다 도리질을 하지만, 다른 누군가는 그 황당무계한 세계를 미래로 만들어냈다는 거야. 그래서 엄마, 나는 꿈꾸는 사람들이 만들어낸 세계를 들여다봐야겠다고 생각한 거야. 물론 상상력으로 창조해낸 영화를 본다고 해서 첨단 과학 기술을 배울 수 있는 건 아니지만, 적어도 내가 꿈꿀 수 있잖아. 우리 초아가 쓸 수 있는 작고, 가볍고, 부드러운, 로봇 옷들을 말이야. 아빠는 웨어러블 기술 박람회에 대한 자료들을 찾아보시겠대. 기회가 닿으면 꼭 구경을 가보자고 약속하셨어.

엄마, 전에 한문 선생님이 '줄탁동시'를 가르쳐 주신 적이 있었어. 나는 그때까지 병아리가 태어날 때 병아리 저 혼자 힘으로 알을 깨고 나온다고 알고 있었거든. 누가 잘못 가르쳐 준 것도 아닌데, 그냥 그렇게 잘못 알고 있었던 거야. 그런데 병아리가 밖으로 나오려고 부리로 똑똑 쪼기 시작하면 엄마 닭도 밖에서 알을 쫀대. 아가야, 나오너라. 톡톡, 어서 나오너라. 그렇게 해서 알은 금이 가고 구멍이 뚫리고 마침내 병아리는 빛을 보게 되는 거래. 멋지다, 그치, 엄마?

오늘 아빠가 웨어러블 기술 박람회를 알아보겠다고 하시는 말씀을 들으니까, 불현듯 이 단어가 생각났어. 이게 바로 줄탁동시가 아닐까, 생각한 거야. 내가 알고 싶다고 하니까 아빠가 도와주겠다고 하시잖아. 내가 안에서 똑똑, 두드리자 아빠가 밖에서 톡톡, 응하는 것, 이런 게 줄탁동시인가 봐.

34. 초아가 돌아와

야호! 야-호!

엄마, 초아가 돌아와! 우리 초아가 돌아온다고!

방금 아빠한테 전화가 왔어. 글쎄 모레 오전에 초아 퇴원 수속을 밟을 거래. 드디어, 초아가 우리한테 오는 거야! 우리가 빌고 빌었던 소원 중 하나가 마침내 이루어지는 거야!

엄마, 난 매일매일 상상을 해.

바리데기가 가져왔다는 개안초가 있어 엄마 눈을 번쩍 뜨게 하면 얼마나 좋을까!

뼈살이꽃, 살살이꽃, 숨살이꽃이 있어 엄마를 일어나게 하면 얼마나 좋을까!

효력 만점의 틀림없는 생명수가 있다면 얼마나 좋을까!

이 신비로운 것들이 어느 곳에 존재하기만 한다면 나도 바리데기처럼 대문을 넘어 썩 나설 텐데!

그렇지만 아무리 바라고 바라도 바리데기처럼 갈 수가 없는걸. 거침없이 길을 나서는 바리데기처럼 나설 수가 없는걸. 겁이 나서 가지 못하는 게 아니라는 거 알고 있지, 엄마?

엄마를 위해서라면 나는 뭐든 할 수가 있다고. 걸어 걸어 삼천리 길을 단번에 걸어 바리데기쯤 따라잡을 수 있단 말이야. 그러나 이런 건 한낱 꿈에 지나지 않는걸. 잠시 행복했다가 깨어나면 더 쓸쓸해지는 꿈.

그래도, 엄마, 쓰라리고 가슴 공허해지는 꿈일지라도, 난 계속 꿈꿀 거야. 우리 초아가 돌아오는 것처럼 엄마가 돌아올 그때를 기다릴 거야.

엄마, 고모가 그랬어. 전에, 서아 병원 갔다 돌아오는 버스 속에서. 파도가 잔잔하면 물놀이를 하고 파도가 높아지면 서핑을 즐기고 더 큰 파도가 덮쳐오면 그때는 피해야 하는 거래. 파도라는 게 뭔가 알쏭달쏭했는데, 고모는 우리가 사는 삶은 언제나 물 위라고 했어. 흔들리고 찰바당거리고 때때로 용솟음치듯 뒤집혀 오르기도 하는 거래. 매번 좋을 수 없고 매번 평화로울 수도 없대. 아슬아슬 위태로울 때도 있고 겁먹고 몸을 피하고 싶은 때도 있는 거래.

엄마, 우리는 지금 어디쯤 있는 걸까?

우리를 태우고 있는 물은 앞으로 얼마만큼 더 요동치게 될까?

그렇더라도 말이야, 파고가 더 높아지더라도 말이야, 아무것도 걱정 마 엄마. 우린 여기 있을 거야. 엄마를 기다리며 여기 있을 거야.

다만, 그날이, 엄마가 돌아오는 그날이, 빨랐으면 좋겠어.

엄마, 아무 걱정 마.

아무것도 걱정 마, 엄마!

OFFICE

<즐거운 편지>를 묶으며,

글을 짓는 '슬픈 천명'을 타고나지 못해 저의 서랍장은 늘 짓다만 글들로 어지러웠습니다. 그리고 언제나, 왜 쓰려느냐는 질문을 던지며 명징한 답을 찾고자 했습니다.

그러나, 분명한 답을 얻게 되면 우리 삶이 먼지 털어낸 담요처럼 더러 정리되고 깔끔해지지 않을까, 하는 막연한 바람이 있음을 찾아내었을 뿐, 알맞은 답을 얻는 데는 늘 실패하고 말았습니다.

그렇게, 제가 서성이고 있는 사이, 강아와 자매들의 실제 모델이었던 저의 조카들은 오히려 튼실하게 자라났습니다. 그것만도 감사하고, 그것만도 가슴 벅찬 기쁨이건만, 욕심 많은 저는 기꺼워하지 못했습니다.

마침내 오늘, 부족하기 짝이 없는 글을 묶는 작업을 마칩니다. 여기에 사족과 다를 바 없는 의미를 굳이 붙여보자면, 이 글은

우리의 상처의 더께를 문지르는 것이요,
쪽배를 탄 채 대양을 건너온 우리에 대한 위로이며,
울울창창 일어설 우리의 푸른 희망을 확인하는 것입니다.

기꺼이 저를 위한 그릇이 되어 주셨던 남편 정식 씨와 걸핏하면 망상의 숲으로 달아나는 저를 현실로 끌어준 두 아들 중혁과 수엽, 그리고 은총의 역사를 기약하고 있는 동생 가족에게 진심으로, 사랑과 감사를 전합니다.

즐거운 편지

발행일 2022년 10월 20일

지은이 | 공은정
펴낸이 | 마형민
기　획 | 임수안
펴낸곳 | (주)페스트북
주　소 | 경기도 안양시 안양판교로 20
홈페이지 | festbook.co.kr

ISBN 979-11-6929-116-3 03800
값 16,000원